講談社文庫

彼女がエスパーだったころ

宮内悠介

講談社

彼女がエスパーだったころ

百匹目の火神　7
彼女がエスパーだったころ　47
ムイシュキンの脳髄　87
水神計画　127
薄ければ薄いほど　165
佛点　205
文庫版あとがき　255

彼女がエスパーだったころ

百匹目の火神

The Blakiston Line

サルを観察していて、ふと気をゆるめたり、ほかのことに気をとられているあいだに、いつのまにかナミオスだけになっていることに気がついて、びっくりすることがしばしばある。こんなとき、突如消え去った幻の群れにあったような、不思議な錯覚にとらわれさえする。サルたちのあいだにどういうコミュニケーションが働いているのか、私には今もってかいもくわからない。

——『ニホンザルの生態』河合《かわい》雅雄《まさお》

1

S県歌島《うたじま》の猿が火をおこす方法を覚えたとき、その技術が土地や世代を超えて伝播《でんぱ》し、そして前触れなく高崎山《たかさきやま》や箕面山《みのおやま》、下北《しもきた》半島といった遠地の猿も火をおこすようになった。

この共時性《シンクロニシティ》めいた一件は、古くからの神秘主義やニューサイエンスを思い起こさせる。しかし歌島の猿について言うならば、彼らはテレパシーのようなこの世ならぬ力で新しい技術を広めたわけではけっしてない。のちに海外の学者から火神《アグニ》と呼ばれる勇敢な猿が、海を渡り、アスファルトを歩き、長い旅の過程で、群れから群れへそれを伝えたのである。

列島の猿たちは、偶然に火を覚えたのではない。

繰り返すが、アグニという一個の生命が、己れの実存めいたものを懸け、技術を伝える行脚《あんぎや》をしたのだ。では、アグニとは群れにおいてどのような個体だったのか？いつ、何をきっかけに、目覚め、群れを離れようと決意したのだろうか？


それにしても、ニホンザルは本来群れを作る種である。アグニのように、単独で群れから群れへ移動するようなことはありうるのか。その点を疑問に思い、わたしは房総《ぼうそう》大学霊長類研究所の高村《たかむら》教授に電話取材を試みた。

「いわゆる〝群れ落ち〟であったと考えられます」

というのが高村の見解であった。

猿が火をおこしはじめたころ、多くの学者や識者がメディア出演をした。そこにしばしば顔を見せたのが、この高村である。声高《こわだか》にニホンザルの大量虐殺《ジエノサイド》を唱える者などがいるなか、一人、懊悩《おうのう》するように押し黙っていたのが印象的であった。

「その群れ落ちというのは？」

「猿が群れから離れ、単独で暮らす現象です。ニホンザルの社会では特別なことではなく、オスであれば、生涯に一度は群れ落ちを経験するとも言われています」

「ほかの猿と比較して、特別な違いはなかったのでしょうか」

そう訊《たず》ねたのは、わたしにとってアグニという個体が特別な存在であったからだ。

群れ落ちという一般的な性質が、心のどこかで受け入れがたく感じられたのだ。

返事は煮え切らないものだった。

「なんとも言えません」

口にしたきり、高村は押し黙ってしまった。

それ以上の質問は躊躇《ためら》われた。

わたし以上に、高村にとってアグニは特別な個体であるはずなのだ。その高村が、沈黙しているのである。結局、わたしは礼のみを返すにとどめた。

直後、思わぬことに高村のほうから電話がかかってきた。

「アグニの群れ落ちは、ほかのオスと比べ、きわめて遅かったと言えます。逆に言えば、ニホンザルでありながら、遅くまで群れ落ちをしなかった」

だから、と高村がつづけた。

アグニはほかの個体と比べ、成長のプロセスが独特であったのだろうと。

「そこに、彼の悲劇を解き明かす鍵があるかもしれません」

歌島には多くの研究者が出入りしており、個々の猿には、かねてよりの習慣から中国名がつけられている。たとえばアグニの祖母は理性《リシン》といい、この名は生まれて間もないころ島を野生の猪《いのしし》が襲い、群れが騒然とするなか早々に木に登り悠然《ゆうぜん》と構えていたことに由来する。性格は理性的とは程遠く、ボスの云母《ユンム》に気に入られていた母親を噛み殺し、その後はそしらぬ顔をして云母と懇《ねんご》ろになった。

群れはあわや分裂しかかった。

理性は娘の忘却《ワンチュエ》と抗争を繰り広げ、やがてメスのトップの座を奪われた。復讐《ふくしゅう》に燃えた理性は白昼、娘の喉元《のどもと》に噛みつくと、そのまま揉み合いながら崖を落ち、母子ともども海の藻屑《もくず》となったという。

残された一粒種《ひとつぶだね》が、紅宝石《ホンバオシ》——のちのアグニである。

アグニから見れば、云母は父でもあり祖父でもあるということになる。

勇猛な血筋にありながら、アグニはほかの猿と比べて身体《からだ》が弱く、赤子のときの怪我がもとで、常に左足をひきずって歩いていた。群れにおける序列は低く、ときには酷《ひど》く虐《いじ》められもしたようである。アグニ自身は、風や波といった自然現象を眺めることを好んでいたようで、岬に坐して海を見渡す姿を多くの研究者が記録している。

知能は高く、幼少期から道具を改良することが多かった。あるときなどは学者のカメラを奪い、解体を試みるもうまくいかず、翌日、律儀に返却したという。

かつて歌島では進駐軍が面白半分に狩りをして、いっときは残り十一匹にまで数を減らしたそうだが、島の猿たちは、おおむね人懐こい。

アグニは自らの発見を惜しみなく群れの仲間に伝え、見返りを求めなかった。そのためか群れにはアグニに一目置く者もいて、そのうちの一匹がメスの航海《ハンハイ》であった。航海はボスのお気に入りでもあり、序列が高く、これによりアグニは虐められつつも群れにおける一定の居場所を得た。このころアグニは航海に交尾を求め背中に手を載せるハンド・オン・バックを試みるが、オスとしての魅力を欠いたのか、あるいは群れのパワーバランスを航海が考慮したものか、あえなく拒まれ、最初にして、おそらく最後の失恋とあいなった。

これと前後して、アグニはさらなる道具の改良や狩猟の技術を発明した。しかし、実のところ、火を発見したのはアグニではない。

それは、人間たちによって外からもたらされたのである。

雨が救命胴衣を伝い、絶え間なく滴《したた》り落ちた。

思わぬ嵐に、小舟は波に撥《は》ね上げられ、そのたびに水は剛体《ごうたい》となり舟を受け止める。暗闇のなか、舟が水面《みなも》へ落ちるどーん、どーんという音ばかりが鳴り響いた。三人は舟にしがみついたが、古いレンタルの舟はいかにも頼りなく、いまにも空中分解しそうに思えた。

密航計画を持ち出したのはIだ。

密航というと大袈裟《おおげさ》なようだが、天然記念物の島に入るとなると、さまざまな制約が生じてくる。そこで自分たちで舟を借り、キャンプ用具を積みこみ、気の知れた仲間たちと夜闇に紛《まぎ》れて上陸を目指すことになったのだ。

〈リエントランス〉と呼ばれる宗教法人のメンバーである。

歌島と言えば、霊長類の研究における先駆的な場所として知られている。そうした歴史性や意味性のある土地で、ニホンザルという進化系統上の兄弟とともに、自然を感じながら瞑想をすれば、精神的な高みに至るはずだと彼らは考えた。

舟を襲った突然の嵐も、三人にとっては試練にすぎなかった。

上陸後、皆はすぐに薪《まき》を集めはじめたが、ライターは駄目になっていた。やむなく、錐揉《きりも》み式に火をおこそうとしていると、島の猿たちが、遠巻きに三人を見守っているのがわかった。やがて一匹が興味深そうに近寄ってきた。戯《たわむ》れに、猿にも木片を持たせたりした。火が点いたころには、骨の髄《ずい》まで冷え切っていた。

いまは〈リエントランス〉を脱会したIが、匿名を条件にわたしの取材に応じた。

「わたしたちは幼稚で、そして愚かだった——そういうことになるのだと思います」

糊付けされたシャツの襟を、Iは指先で弄《いじ》った。

世間的にはほとぼりが冷めたころである。しかし災禍の元凶としてウェブメディアに暴かれ、バッシングを受けた記憶は、いまも深く傷を残しているように思われた。

場所は、Ｉの自宅近くの公園である。

「それなのに、不思議なものです。幼稚で愚かであったあのころのほうが、いまよりも内省があり、思索があり、世に向けて胸を張れるものがあった。実を言うと、そんな気がしてならないのです」

そうつづけてから、Ｉは天を仰いだ。

これにはわたしも心当たりがある。しばらく、何も応えられなかった。

「……すると、火をおこしたのは、あくまで身体を乾かすためであったと」

「はい」

Ｉは頷《うなず》いたが、しばらく奇妙な間があった。

サッカーボールが転がってきた。Ｉが、それを持ち主のもとへ蹴り返す。

「いえ」Ｉが訂正をした。「仲間の一人が、猿に火を教えようと言い出したのです」

「なぜです」

「わたしたちは、見てみたかったのです。人類が火を覚えた、まさにその瞬間を」

2

「夫に怒られる——そのことで頭がいっぱいでした」

そう語るのは、S県廣岡《ひろおか》郡に住む末次順《すえつぐじゅん》である。

記録では、アグニがもたらした一連の騒動の、最初の被害者が彼女ということになる。当時、夫は台北《タイペイ》に出張しており、彼女は自宅に一人残されていた。

「それで、通帳を取りに戻らなきゃ、って」

彼女は消防隊員の目を盗み、燃えさかる家のなかへ入った。

足を踏み入れた瞬間、違和感がよぎった。家が荒らされているように見えたのだぞうだ。しかし、考える間はなかった。

消防隊員の一人が彼女を見咎め、外へ逃がそうとした。

「そのときは、何を持ち出すかしか考えていなかったのですが……」

二人の目の前を、一匹のニホンザルが横切ったのだという。

「猿の空き巣被害の話は聞きますが、それよりも火を怖れないことが不思議でした」

彼女はそう語ったが、実際には、猿は火を怖れないことが多い。大平山《おおひらやま》の猿などは、寒いなか焚《た》き火にあたり、手をかざす姿でよく知られている。

「どのような猿でしたか」

「さあ……何しろ、状況が状況でしたから」

軽く、彼女は親指の爪を嚙んだ。

消防隊員の多岐島稔《たきしまみのる》も、このときのことを憶えている。

「現場に着いた瞬間、放火ではないか、と勘が働きました」

ですが――。と多岐島はつづけた。

「末次さんを止めるのに気を取られ、そのことは頭から抜け落ちました」

猿は確かにいた。

横切ったのではなく、目が合うや否《いな》や、逃げていったのだというのが多岐島の証言だ。放火ではないかという勘が当たっていたことは、その後のニュースで知った。

もっとも、事実は想像とはまるで異なるものだった。

「考えもしませんでしたよ。まさか、猿が人の家に火を放っただなんて」

被害はこの一軒だけにとどまらず、それればかりか指数関数的に広がりはじめた。

まもなく、放水車も消防隊員も足りなくなった。

廣岡郡はもともと猿の空き巣被害が多く、ほとんどの家屋がそれに対応した窓を取りつけている。そこで猿たちは火を放ち、混乱に乗じて空き巣に入る手口を覚えたようなのだ。酷いときは、一日に数軒もが全焼した。町長は早急な駆除を約束したが、なかなかいざ着手とはならなかった。

なぜか。

廣岡郡のニホンザルは、天然記念物だったのである。

町中で住民の葬儀が執り行われ、その鯨幕《くじらまく》にも火は放たれた。怒れる住人たちは猟銃や毒入りのバナナを手に山狩りをはじめ、やがて廣岡郡の猿たちは一族郎党根絶やしとなった。

だが、この対応も遅きに失した。

アグニはすでにS県をあとにし、本州を北上しはじめていた。

東京の人間が呑気《のんき》に構えていたのに対し、もとより猿の多かった地域の住人は戦々恐々となった。各地の消防や警察に専門の部隊が新設されたが、住居や畑を猿が自由に駆け回る一方で、人は法にも組織にも縛られる。何をするにも、後手に回らざるをえなかった。

たちまち、打つ手がないことが明らかになった。

これを商機と見た各地の業者はさまざまな商品を開発し、猿避けの笛や猿避けの線香といった、効能の怪しい製品が飛ぶように売れた。鳴り物入りで登場した猿火災保険は、予想を超える被害の多さに採算が取れず、撤退を余儀なくされた。

その一方、千葉のウイルス研究所は猿害対策の生物兵器をプレゼンテーションし、世界中の批難の的となった。

このころ、アグニの存在はまだ知られていなかった。

廣岡郡の猿が皆殺しの憂き目に遭ったのに対し、S県の歌島は、地理的に海を挟んでいる。このため、島は変わらずに猿と学者の楽園となっていた。学者の一人はアグニの姿が見当たらない旨《むね》をフィールドノートに書き残したが、そのことの真の重大性は見落とされた。

事件の全貌が明らかになったのは、だいぶ先になってからであった。

歌島の猿がほかのどの群れよりも早く火をおこしていたこと、それどころかたった一匹の猿が群れから群れへ火を伝えたらしいことは、その後の研究ではじめて判明したことである。

なぜ猿たちはいっぺんに火を覚えたのかと、それまでもさまざまな推測はあった。

二度目の集団放火は、千キロ以上離れた九州と関東で同時に勃発した。このため、猿同士になんらかの交流があるのではなく、共時性《シンクロニシティ》の類いが働いているものと考えられた。これを最初に指摘したのは、ほかならぬ〈リエントランス〉の教祖、澁川菅生《しぶかわすがお》である。

「〝百匹目の猿〟現象と呼ばれるものだ」

澁川の語る声には、独特の甘さがある。

信徒からの質問に答える形で、動画共有サイトにアップロードされたものである。それを団体外の誰かが発見し、話題となり、動画は再生数を重ねていった。

「……あるとき、猿の一匹が芋《いも》を洗って食べるようになった」

このこと自体は事実だ。

泥のついた芋を、川で洗って食べる個体が出現した。この習慣は群れのなかで広まり、やがて次の世代にも受け継がれていった。

「最初、これは一つの群れのなかのみの出来事だった。ところが、あるとき遠く離れた猿の群れにも、突然この行動が見られるようになった」

つづく澁川の主張が、いわゆる〝百匹目の猿〟現象を説明するものである。

「同じ行動を取る者の数が一定数を超えると、仲間すべてに伝播する。すなわち、共時性だ。この性質は生きとし生けるものすべて――むろん、人間にも備わっている」

澁川の言は、一連の事件を説明するものとして瞬く間に人口に膾炙《かいしゃ》していった。

共時性があるかないかは別にして、教訓が一つあった。

それは、人間のみが使えることを前提とした技術が、いかに多いかということだ。

社会学者の一人がそのことを訴えたが、彼は猿たちを擁護するとともに、なぜか生態系はあまねく一つの巨大な生命であるという独自の理論を唱えはじめ、そしてSNSのプロフィールには自身が空海《くうかい》の生まれ変わりである旨が記されていた。

このため全体的に胡散臭《うさんくさ》いとして叩かれ、本来の教訓はうやむやになった。

「共時性」は人々の心を捉え、一躍、流行語のような扱いとなった。

川崎《かわさき》大学物理学科の冴嶋三郎《さえじまさぶろう》は、早くよりこのことを危惧していた一人だ。冴嶋は折に触れ「共時性などない」と発言していたが、反響は乏しく、あるとき業を煮やして自宅近くの家電量販店でウェブカメラを購入すると、一本の動画を作製した。

「〝百匹目の猿〟現象が確認されたことはないのです」

カメラを前に、冴嶋は努めて冷静に訴えた。

「元とされる論文は、確かに実在するものです。しかし、そこに〝百匹目の猿〟に関する記述はありません。芋を洗って食べる個体が出現し、それをほかの猿が真似をしたと書かれているにすぎない」

ですから、と冴嶋はつづけた。

「擬似《ぎじ》科学に踊らされることなく、この事態に冷静な、適切な対処を致しましょう」

冴嶋は共時性を斥け、自然科学の大切さを訴えたかったはずだった。

結果は思惑と逆に働いた。

遠野《とおの》大学生物学科の高嵜巖《たかさきいわお》が、同じ日の同じ時刻に、同じ内容の動画をアップロードし、自然科学の大切さを訴えたのだ。このことが指摘されるや、やはり共時性はあるのだと人々は目を血走らせた。冴嶋はこれを受け、高嵜動画が偶然の産物である旨を表明し、時を同じくして、高嵜も冴嶋動画が偶然の産物である旨を表明した。

結局、共時性の存在は疑いないように思われた。

冴嶋は大学に辞表を出すと四国へ遍路《へんろ》の旅に向かい、道中で強盗に襲われ、帰らぬ人となった。その最期の地には石碑が建てられ、以来命日である十一月六日には自然科学の学究の徒が集《つど》い、酒を酌《く》み交わしながら故人を偲《しの》ぶという。

一連の事件はなかなか呼称が定まらなかった。

最初の地にちなんで廣岡事件、またはより広く同時多発放火事件、あるいはもっとわかりやすく猿暴動と、さまざまな名称が現れては消えていったが、やがて〈百匹目の猿事件〉に落ち着いた。

事件の背後に一匹の猿がいた可能性を見出したのは、先にも触れた霊長類研究所の高村である。

ちょうど、冴嶋三郎が四国で亡くなったのと同じ日だった。

登山を趣味とする高村は、冬の槍《やり》ヶ岳《たけ》を目指して山道を歩いていた。ところが山小屋へ着く前に雪が降り出し、そのまま陽が暮れてしまった。飛驒《ひだ》乗越《のっこし》と呼ばれる、日本最高峰の峠《とうげ》である。立ち往生《おうじょう》する高村の目に、遠くの焚き火の灯りが見えた。

別の登山者だと思い、近づいていった。

そうではなかった。火をおこしていたのは、一匹のニホンザルなのだった。

驚くよりも先に感心してしまった。

猿が高村を招く仕草をしたので、高村は場所を取り、手持ちの携帯食を分け与えた。一般に、登山客は焚き火をしない。環境に影響があるし、また山火事が起きる危険もある。しかし注意をしようにも、相手は猿なのである。

晴れ、星が見えはじめた。

薪が尽きたころ、猿は左足を引きながら去っていった。高村が気がついたのは、このときだ。

――紅宝石《ホンバオシ》ではないか？

かつて、歌島で目にした猿とそっくりだったのである。

そしてまったく不意に、霊感が走った。火を覚えた紅宝石が、その技術を群れから群れに伝える旅をしているのではないかと。

高村はこの閃《ひらめ》きを捨てられなかった。

しかし、裏づけがあることでもない。高村はエッセイという形で、飛驒乗越での出来事と自分の仮説とを発表した。この新説は専門家のあいだで反響を呼んだが、口にのぼる意見は、ほとんどが否定的なものであった。

なお、高村は四国で非業の死を遂げた冴嶋三郎の論敵であったため、冴嶋殺害の疑いをかけられたこともあったが、山小屋の主人が高村を目撃していたことから不在証明が成立した。

このときの高村の閃きに裏づけが附されたのは、事件からだいぶあとになってからである。学者らのグループが個体調査やフィールドノートを突き合わせ、さらにアグニの遍路のルートを細かく検証し、それを猿たちのあいだの火の伝播と重ね合わせることで、やっと高村説には蓋然性《がいぜんせい》が認められるとされた。

とはいえ、一般の人間にニホンザルの個体識別は難しい。信用の置けそうな目撃証言は少なく、アグニが高村に目撃されたのち、北海道の山中で他殺体として発見されるまでには、半年近い空白期間がある。

北海道は猿の北限、いわゆるブラキストン線より北にある。

ブラキストン線とは、イギリスの探険家で博物学者でもあったトーマス・ブラキストンが、日本の野鳥の研究を通じて提唱した境界で、津軽海峡《つがるかいきょう》線とも呼ばれる。これが生物分布の境界線となっており、以北には猿の化石すら見られないというから、なぜアグニが海を渡ったかが問題となった。

どうやって北海道へ渡ったかにも諸説ある。

津軽海峡を泳いで渡ったとする者、そうではなくアグニは青函《せいかん》トンネルを駆け抜けたのだと根拠もなく主張する者、いや人間の共犯者が存在したのだと想像を働かせる者などさまざまであったが、どの説も決定的とはいえず、結局、アグニは単純にフェリーに乗ったのであろうとする意見が大勢《たいせい》を占めた。

3

「猿も馬鹿ではありません」

と語るのは、宗教学者の石井清明《いしいせいめい》である。

石井が主張するには、猿は知能が高い。悪戯《いたずら》好きで知られてはいるが、少なくともそれまでは人と共存共栄しながら生きてきた。アグニが何を伝えようとも、こうした原則まで変わるとは考えられないと。

「ですから――おかしいのですよ」

「何がでしょう？」

「たかだか空き巣のために、放火までするのは割に合わないのです」

石井の仮説には毀誉褒貶《きよほうへん》があるが、わたしの知る限り、少なくともこの問題を最初に指摘したのは彼である。

「火を放てば、それ以降は空き巣に入れません。何よりも、禍根《かこん》が残って関係性が険悪になってしまう。それくらい、猿ならば百も承知のはずなのです」

石井はつづけて問う。

それなのに、猿たちがいっせいにこのような行動に出たのはなぜか。

「……わたしの体験をお話しさせてください」

その日、石井は食事を終え論文を執筆していたという。

ところが、窓に鍵をかけるのを忘れていた。台所から物音がしたので、石井は武器の箒《ほうき》を手に忍び足で台所へ向かった。が、そこにいたのは物取りではなかった。

一匹の猿であった。

ほっとしたのも束の間だった。その猿は、ガスコンロの横に腰かけていたのである。猿はコンロをしげしげと眺めたのち、おもむろに火を点《つ》けた。石井は傍らのキッチンペーパーに意識を向けた。以前、自治体から配られた資料に、猿は何が燃えやすいかを認識しているので注意のこと、と書かれていたからだ。

猿がペーパーに手を伸ばしたら、突きの一つも食らわせるつもりだった。

しかし、猿の目的は放火ではなかった。

その猿は、石井の目の前で何をするでもなく、ただじっと火を見つめていた。

「猿たちは、強盗のために放火をしているのではないのです」

石井は両の手のひらを合わせ、指を星形に広げた。

「では、なんのためか。現世的な利益がないとすれば――そう、それは信仰です。つまりですね、彼らは、火を信奉していたのです。彼らのあいだにいっせいに広まった現象の正体は、人ならぬ信徒による、新たな拝火《はいか》宗教にほかならなかったのです」

「すると……」

「猿が火を放った目的は、燃やすということそれ自体だったのです。もっと言うならば、彼らは彼らの新宗教を、人類に対しても布教したかったのかもしれない」

「ですが、そうだとしても、その信仰の内容をわたしたちが知ることは叶わない」

わずかに目をすがめてから、石井は静かに首を振った。

石井の説を信じるなら、アグニの旅にまた別の解釈を加えることができる。

アグニの存在がおおやけに知られて以来、この個体は群れから群れへ火を伝える、いわば技術の伝導者のような存在と位置づけられてきた。しかし、こうも考えられるのである。

アグニとは、火そのものを崇《あが》める新宗教の教祖であったのだと。

科学哲学を専門とするレイ・キーファーは「ありえません」と断じる。

キーファーは客員教授として日本に呼ばれたばかりで、意思の疎通が案じられたが、彼女の日本語はほぼ完璧だった。こちらはどうですかと試みに訊ねると、学食がまずいです、と答えになっていない答えが返った。

「猿の知能は、確かに高いと言えます。しかしそれは社会的な能力に限った話です」

「人の表情を読むといったことでしょうか」

「そうです。ところが、数字などの抽象概念となると、途端に苦手になってしまう」

「アグニもですか？」

「猿であればそうなのです」

キーファーが言うには、チンパンジーは数を数えることができる。しかし、数という概念をどこまで解しているかは議論の余地が残り、数の大小などを扱わせるにも、工夫して訓練をしなければならない。

目の前の物や色とは別に、「数」というものがあると覚えこませるのが、難しいのだそうだ。

「そして、思い出してください。宗教とは、まさに抽象そのものではないですか」

「具体例を挙げていただけますか」

「たとえば、人間の拝火教——ゾロアスター教には時間の定義があります。それによると、時間の流れの正体とは、内発的な善と外発的な悪の混合であるとされます。これなどは、いわば時間という抽象概念を、さらに抽象的に語るものです」

時間とは何か、人類は常に考えてきた。

だが猿は前頭前野《ぜんとうぜんや》が小さいため、時間の概念に弱い。

たとえば、遅延反応実験と呼ばれるものがあるという。猿に赤や緑の光を見せて、時間を置いてから別の光を見せ、色が同じかどうかを答えさせるものだ。この場合、猿では数分、チンパンジーでも一時間か二時間が憶えられる限度となる。

逆に、ある目的地に向かって数時間歩きつづけるといった行動も取れない。

「猿には、過去も未来もない。猿とは、ただ現在のみを生きる生物なのです」

だから――とキーファーが言い切った。

石井の説は、ありえないことなのであると。

「しかし……」わたしはつい遮って、「すでに、ありえないことが起きたわけです」

意地の悪い指摘だったかと思ったが、キーファーは一瞬だけ両の眉を上げ、それから、「そうですね」と苦笑いをした。

「……猿たちがいっせいに暴力的な行動に出たことについては、どうお考えですか」

「多くの霊長類には〝先行保有者優先の原則〟があります」

いわく、葉や昆虫を食べる霊長類にとって、食物をめぐる葛藤は少ない。昆虫は動くので占有しづらいし、葉は大量にあるため占有する意味がない。

対して果実食の霊長類は、果実のなっている場所を占有するといった行動に出る。

「食物そのものではなく、食物のある場所が所有の対象になるわけです。それなのに、一度食物を手にした猿が、他の猿によって食物を奪われるといったケースはあまり見られません。つまり、猿にはあらかじめ共存のためのシステムが組みこまれている。これが〝先行保有者優先の原則〟と呼ばれるものです」

ところが、人が餌《えさ》を与えようとすると、この原則が揺らいでしまう。

猿たちのあいだに、奪い合いが発生するのだという。

「猿が果実を見つけるのではなく、人の持つ果実が任意の猿に分配される。この、いわば果実の側が動く状態に、猿の共存のシステムは対処できないのです」

「人の関与が猿のシステムを狂わせる、ということでしょうか」

「こんな話もあります。猿にはボスがいて当然だと思われていたところ、野生の猿はそうとは限らないことがわかった。一種の観測問題なのですが、実は、餌づけによって群れに序列が発生していたのです」

さらに、序列を当然とする人間の目には、集団内にヒエラルキーがなくとも、そこに上下関係を見出してしまう。これが、かつてのサル学のジレンマなのだという。

「……人は猿を通じて、人とは何かを知ろうとします」キーファーが静かにつづけた。「ですが、多くの場合、猿は人の鏡であるにすぎない。猿の放火行動についても同じことが言えます。猿が火を使うのは、結局のところ、人が火を使うからにほかならないのです」

技術に罪はないとしたのは思想家の吉川爾来《よしかわじらい》である。

人間とて原子力を使う。ならば、猿が新しく手に入れた技術を使うのは当然だというのである。口調が厳かであったため、大勢がなるほどそうかと納得しかけたが、落ち着いて考えれば当たり前のことを言っているだけで、加えて吉川がインタビューで「あなただってガスを使うでしょう」と発言したことで生活者の不興を買い、やがて家族の手によってウェブページに謝罪文が公開されるという顚末《てんまつ》を迎えた。

そのころ東京では、上野《うえの》動物園の猿が逃げたというデマがウェブを中心に広がり、山手《やまのて》線沿線を中心にパニックが発生するまでになった。飼育員は猿のストレスを考慮して群れ全体の公開を取りやめたのだが、この対応が噂に拍車をかけた。

デマに踊らされた都民は深く恥じ入り、今後はメディアリテラシーを養うことを固く誓い合い、それが災いして、のちに猿が東京に侵入した際に対策が遅れた。

ところで、都市の人間には思わぬ味方がついた。

それは鴉《からす》であった。

この黒衣の賢人は人と猿の戦争行為をしばらく傍観《ぼうかん》していたが、鴉は生活の多くをレストランなどの残り物といった人間の文明に依存している。それゆえ、彼らは人の生活を脅かす猿を敵と判別したようなのだった。

鴉は留守中の住居を空から見張ったり、啼《な》いて猿の到来を人に知らせたりした。

人間は報酬としてベーコンの類いを提供した。しかし猿の脅威が去ったとしても、大量に集まった鴉をその後どうするのか。この点は皆も漠然と不安に感じつつ、ほかに頼れる味方がいるでもなく、とりあえずは安定した良好な関係が築かれた。

一方、〈リエントランス〉の澁川は耳目を集めたことに味を占め、いくつかの自己啓発本を刊行し、それぞれに版を重ねたのだが、このことが災いし〈リエントランス〉のメンバーはいつの間にか澁川よりも猿を奉ずるようになって教団は分裂した。

西から東京に侵入した猿たちはそのまま直進し、高村教授のいる房総大学霊長類研究所を襲撃した。

このとき、実験動物であった猿二十二匹が混乱に乗じて脱走した。うち三匹は、脳に電極を刺すため頭蓋《ずがい》に穴を開けた形跡があり、そのショッキングな風貌もあって、斯様《かよう》なる胡乱《うろん》な実験の被験体であったからには、さぞ人間に恨みを持っているに違いないと千葉県民は怖れをなし、団結して猿たちの報復に備えた。

ところが脱走猿たちは、どうも戦闘的な性格ではなかった。

彼らは火の扱いにも消極的で、三匹の電極猿に至っては、市川《いちかわ》の商店街の店主が差し出した一房《ひとふさ》のバナナによってあっさりと懐柔《かいじゅう》された。

のちに判明したところでは、研究所の猿たちは特に不自由を感じておらず、むしろ実験の際に与えられるジュースなどを好み、所員をはじめとした人間を好いていたということである。

やがて三匹は皆から親愛の情をもって河童《かっぱ》と呼ばれ、新聞にも載った。その後、研究所に戻され、世間が忘れた頃合いを見計らって、実験の仕上げとして解剖に附された。

解剖にあたった所員はこのことを指摘されるや、SNS上で「これは戦争なのだ」といった不規則発言をし、皆の猿への同情も相まって炎上に至った。当の所員はもとより素行に難があったらしく、これを機に高村によって馘首《かくしゅ》されたが、不服として労働基準監督署に訴えて勝利を得た。

そして、戦争であるには違いなかった。

4

消防や警察による猿の駆除は遅々《ちち》として進まなかった。

そうこうしているあいだにも家屋は次々に焼失し、そのくせ皇居周辺の警備が半端ではないとして国民は不満を募らせていった。

東岸平和党《とうがんへいわとう》の猶崎茂《なおざきしげる》首相は、野党の質問に、「家を失った者には申し訳ないが、そうは言っても相手は猿なのである」との答弁をした。それは事実には違いなかったが、わざわざ教えてもらわなくとも、現に相手が猿だから困っているのではないかと不満はなおのこと募った。

なお、この答弁の最中に鎌倉《かまくら》の猶崎宅が全焼し、直後、大量のバナナが台湾《たいわん》より輸入され、自衛隊員がテトロドトキシンを一本一本に注入していったと伝えられるが、この話は半分以上がデマである。猶崎宅は焼けておらず、そして用いられたのは大豆《だいず》であった。

それにしても、自衛隊員は猿との戦闘のためには訓練されていない。

彼らからすれば、それまで大変な訓練をしてきたのに、なぜまたよりによって猿などを追わねばならぬのかと、いま一つ士気が上がらなかった。加えて、物々しい隊員たちの装備は猿を警戒させ、毒入りの大豆は思うような効果を上げなかった。

また、彼らは棲息《せいそく》地域や個体判別といった調査をせず無計画な捕獲をしたため、いくつもの群れが分裂し、猿害はなおのこと広まった。

全国的に成果を上げたのは、市町村による昔ながらの有害鳥獣捕獲だった。使われたのは、単純な猟銃や箱罠である。しかし、彼らは猿の扱いに慣れていた。

行政はこうした組織と協調体制を取らないまま、人海戦術に頼った作戦を立てたわけで、これでは戦争に負けるわけだと市民はがっくりした。

行政はさらなるマンパワーに頼った。

猿一匹あたり十万円という賞金が設定され、たちまち人々は武器を手に猿と闘うこととなった。もっとも、いずれはそうなるだろうと誰もが薄々思っていたのに加え、賞金が悪くなかったため、この対応は歓迎された。むしろ遅すぎたとも言えた。

不満に思ったのは、最初に事件が起きた廣岡郡の住人たちである。

住人らは自分たちは金をもらっておらぬ、けしからん、と役所に長蛇の列を作り、文化財保護法違反のかどでまとめて勾留《こうりゅう》された。

賞金を設定したのは、「相手は猿なのである」と発言した猶崎である。

東平党は先立っての衆院選で四百十二議席を獲得して与党となった。

科学的根拠のあるなしは別に、一つの現実として共時性があるとするなら、各政党は我先にと百人目の支持者を集めることとなり、百人目の支持者を獲得した政党は必ず大勝するものだから、政治はきわめて不安定である。

もとよりニホンザルの数は多くない。

市民が武器を取り、加えて一部の開発者《デベロッパ》が地域をまたいだ情報共有のシステムを開発し、猿たちは徐々に後退戦を強いられはじめた。

猿にとって不利だったのは、彼らが大群を作れないということだった。

行動範囲は群れによって異なるが、せいぜい十平方キロである。

そのなかで、猿たちは一種の遊牧生活を送っている。群れは小さく、個体数が百を超えたあたりで、群れは分裂する。

巨大集団を維持する社会構造を、ニホンザルは持ちえないのである。

そこに人間たちがいっせいに襲いかかったため、これは猿としても堪《たま》らない。

人の勝利は目前と思われたが、窮地《きゅうち》に陥った猿はゲリラ戦を展開した。山に籠もり、地の利を活かしながら逃げ、ときおり街に夜襲をかけてくる。これは地味ながらも応《こた》える作戦で、たくさんの市民が精神的に病んでいった。

対ゲリラ戦のアドバイザーとして米軍司令官が来日したが、歴史を鑑みるなら、彼らの対ゲリラ戦のノウハウほどあてにならぬものもなく、盛大な歓迎パーティが開かれたのち、肝心のアドバイスは話半分に聞き流された。

誰もが長期戦を予想した。

逆に、後退戦を強いられる猿の姿には共感を呼ぶものがあった。国外の目は同情に転じ、EUでは署名がなされ、七十万筆が集まったとされる。

アメリカでは、猿の玉砕《ぎょくさい》の地となった高尾山の闘いを猿からの視点で描いた映画が製作された。大勢が過去のアメリカ先住民との闘いを連想し、もやもやしつつも、皆見て見ぬふりを決めこみ、肯定も否定もされないまま興行はロングランとなった。

人と猿の闘いは一進一退を繰り返していたが、やがて思わぬ形で終息した。そしてそれは、どちらかの勝利という形では終わらなかった。

雨が止むように、ある日突然に終わったのである。

春を迎えたころには、猿たちはもう火をおこさなくなっていた。

彼らは元の生活に戻り、被害といえばときおり農作物が収奪されたり、あるいは観光客のカメラが奪われたりする程度となった。すべてが元通りだった。

「猿の芋洗いと同じです」

これについて教えてくれたのは、元〈リエントランス〉のIである。

Iは澁川の〝百匹目の猿〟の話を疑問に思い、調べてみたそうだ。

「かつて猿の芋洗いは、瞬く間に広まり、一つの文化にまでなりました。しかし、案外に知られていないのですが、芋洗いという習慣はやがて廃《すた》れていったのです」

いまでは、芋洗いをする猿はほとんど見られないという。

原因はわからないとIは語る。

日本中の猿がほぼ同時期に火をおこさなくなった理由も、結局のところは不明なままであった。だが、いずれにせよ、確かなことは一つだった。

猿たちは、忘れたのである。

少なくとも、この点ではキーファーが正しかったようだ。猿には、過去も未来もない。猿は、ただ現在のみを生きているのだ。

雪が解け、槍ヶ岳の山中で血のついたナイフが発見された。

いっときは重大事件が疑われたが、鑑識《かんしき》の結果、猿の血液であったと判明した。

5

都市の景色を横のパノラマだとするなら、山岳は縦のパノラマだ。

北アルプスの深い緑は、標高が上がるにつれ、沙漠地帯のようなごつごつとした岩場に変わっていった。谷底から、雪解けの急流が地響きとなり聞こえてくる。何匹かの猿が目についた。試みに手を振ると、猿は興味もなさそうに走り去っていく。

初夏の陽が照りつけ、肌を焼いた。

「休みましょうか」

前を歩く高村が言い、わたしは水も飲まず近くの岩に仰向けに寝転んだ。

空が回った。

「……まだ先ですか」堪らずにわたしは訊ねた。

「そうですね」高村が軽く頷いた。「標高にして、三千メートルくらいでしょうか」

「どれくらい高くにまで、猿は分布しているのでしょう？」

「この季節だと、三千メートル付近でも姿が見られますよ」

北アルプスにおける、猿の分布のことである。

しかし越冬地となると、もっと低く、千四百メートル付近になるという。

「ですから、あのときもおかしいとは思ったのですが……」

ひんやりとした風が頰を撫《な》で、南へ吹き抜けた。

登山客たちは軽い足取りで次々と追い抜いていく。

標高はまだ高くない。それなのに、たちまち息が上がっていた。それでも、アグニの旅程と比べればはるかに短い道のりだ。古いカーボン製のストックを握りながら、わたしはふたたび自問した。

アグニとは、群れにおいてどのような個体だったのか？

いつ、何をきっかけに、目覚め、群れを離れようと決意したのだろうか？

灰色の稜線《りょうせん》を背に、タカネシオガマやクモマグサといった高山植物が咲き乱れている。訊けば、このあたりは土壌がほかと異なり、花が育ちやすいのだという。

正面に飛驒乗越が見えた。

標高にして三千メートル余りの、日本一高いとされる峠である。

あたり一帯が、うっすらと白く煙っていた。立ち止まった高村が、「このあたりです」と地面を指した。

花が一面を覆っていた。事件があった痕跡も、焚き火の跡らしきものもない。

「ここでアグニと会ったときの話は、半分は本当、半分が嘘です」

見たくないものを見るように、高村はそっと目をすがめた。

「……その日、アグニは足に怪我をしていました」

冬の山のことである。

薪は早々に尽き、火は消えようとしていた。アグニはよろめきながら彼のそばに寄ると、ぐらりと倒れこんできた。猿を抱き止め、背をそっと撫でた。冷えている。このとき、手のなかの猿が紅宝石《ホンバオシ》であると確信できた。

火が消え、いっせいに星の光が降りそそいだ。

まるでこちらを頼るように、アグニが手に力を籠めた。

「こう思いました。いま、自分がこの生命に対してできることは何かと」

それと同時に、高村は唐突に天啓を得たのだった。

すべての元凶は、このアグニという猿であるのかもしれないと。研究者としての直観か、それともただの思いつきか。自分自身なぜそう思ったのかもわからなかった。

このとき、猿がじっと自分を見ていることに気がついた。見抜かれたと感じた。

「何を見抜いたというのでしょう？」

「わたしはこう思ったのです。人類のために、この個体を殺すべきではないかと」

「本当に――」

その一言だけで息が切れた。

わたしはストックを立て、体重を預けた。膝がじくりと痛んだ。

「本当に、そのようなことを？」

「現にわたしの研究所では、実験を終えた猿たちが大量に解剖されています」

自嘲的に、高村は笑った。

「もちろん猿たちとのあいだに友情めいたものを感じることはあります。ですが、残念ながら、結局のところ猿はわたしにとって研究対象であるのです」

高村はそう言ったが、わたしには信じきれなかった。

彼は、アグニという特別な個体を生かしたかったはずなのだ。

「研究対象であれば、なおのことです」

わたしは思い切って指摘した。

「実験動物は、生かしておいて、あとで解剖しなければならない」

「……学者というものは、あなたが思っているより、はるかに不合理な生物ですよ」

高村が顔を歪めた。

「アグニを抱いて星を見ていたそのとき、電話がかかってきたのです」

――アグニを殺すべきかどうか。

高村はザックのなかでナイフを握ったまま、長いこと逡巡していたという。そのとき、懐にしまってあった携帯端末が鳴った。

それは千葉の研究所からだった。

川崎大学の冴嶋三郎が、旅先の四国で殺されたという報せだった。長年の論敵の訃報に、大きな喪失感を抱く自分がいた。そして通話を切ってから、ふと自問した。

――いま、この報せが来た意味とは何か？

アグニは膝元で眠りについていた。だから高村は決意をし、ナイフの柄の留め金を外した。

「待ってください」

思わず、相手に手のひらを向けてしまった。

高地にいるせいか、頭がぐらぐらする。高村が言わんとすることの意味がわからない。少なくとも、冴嶋のことと、この件の直接的な関わりも何もない。

「わかりませんか」

高村はこちらを見ないまま、しかし自明のことのように口にした。

「これが共時性なのですよ」

取材にあたり、高村という人物をそれなりに調べ、自分自身、知った気でいた。だが、当然と言えば当然ながら、それは幻であった。

わたしは何も言えなくなってしまった。

「……あなたが、北海道までアグニの死体を移動させたのですね？」

「ええ」

「それは、ここであなたがしたことを隠すためですか」

「アグニは種の限界を超えようとした個体です」

息を整えながら、相手が応じた。

「ですから、わたしは見せてやりたいと思ったのです。下北半島よりさらに北――ニホンザルという種の限界、ブラキストン線を越えたその極北の景色を」

高村は立ち上がると、峠に向けて歩き出した。休み足りなかったが、仕方なくその背を追った。

「……このごろ、こんなことを思うのです」

道すがら、彼がまた別の話をした。

「猿は未来を見ません。それは、彼らにとってその必要がないからです」

「種の保存のために必要ではないと？」

そうです、と高村が答える。

「猿たちが火を忘れたのは、とどのつまりは、彼らが火を必要としないからです。逆に、わたしたちは壊れた本能の上に文明を築きました。わたしたちが未来を考えるのは、そうしないことには種を延命させられないからです」

「ですが、適切に未来を考えている保証は……」

相手がこちらを振り向き、その通りだというように強く頷いた。

「未来を考える人類は、未来を考えない動物より、はるかに脆弱《ぜいじゃく》だと言えるのです」

この高村の言は逆説である。

普通に考えるなら、未来を考えうるほうが強靱《きょうじん》であるに決まっているのだ。それに、文明にはいくらでも有益なものがある。

疑念が顔に出たのか、高村がまたつづけた。

「ニホンザルの幼児死亡率は四から五パーセントであると河合雅雄が試算しています。とはいえ、条件つきの数字なので……。自然状態となると、二十五パーセントくらいでしょうか」

にわかには信じがたかった。

野生で二十五パーセントという数字は、低すぎるように思える。

「それに対し、去年のアフガニスタンの幼児死亡率は二十五パーセントです」

この比較には意味がない。

咄嗟《とっさ》に、わたしは反駁《はんばく》しそうになった。だが、見えない何者かがわたしの口をつぐませた。高村が何を言わんとしているのか、わたしにも理解できてしまったのだ。

……峠は目前だった。

振り向いてみたが、かろうじて道が見分けられるのみで、アグニが火を焚いていたという場所も、すでにわからなくなっていた。

なお北海道のアグニ最期の地には石碑が建てられ、以来、〈リエントランス〉のメンバーらが折あるごとに集まっては、アグニを偲ぶようになった。

彼らがアグニという鏡に何を見出したのかは定かでない。

そのうち、アグニは生前ジェリービーンズが好きであったと誰かが言い出し、特にそのような事実はなかったらしいのだが、石碑には赤や青、緑やピンクといった色とりどりのジェリービーンズが供えられ、日によっては花畑のようになるという。

彼女がエスパーだったころ

The Discoverie of Witchcraft

「どう呼ばれたら嬉しいのかな?」

「一時はサイキック・アーチストとか名刺に刷ってたけどなあ」

「それは恥ずかしい」

「うん。だからすぐやめた」

頷きながら清田は、ポケットから最近作り直したばかりだという名刺をとりだす。肩書きには「超能力者」とだけ刷りこまれている。

「まあ、こんなもんだろう」

——『職業欄はエスパー』森達也《もりたつや》

1

超能力を現代的にアップデートした人物は誰かと問われれば、いまや、多くが及川《おいかわ》千晴《ちはる》の名を挙げるのではないだろうか。ところが彼女の来しかたとなると、これまた多くが首を傾げることになる。何しろインタビューその他においては、いちいちもっともらしい、しかし少しずつ食い違った回答がなされるため、真面目に耳を傾けるとこちらが翻弄《ほんろう》される。これが虚言癖《きょげんへき》の類いによるものであったのか、あるいは謎を醸《かも》し出そうとする彼女なりのセルフプロデュースがあったのか、はたまた単に忘れっぽかったのかは不明である。

証言に共通するのは、まず彼女が秋田《あきた》の出身であるらしいこと。

成績は中くらいであったこと。

譲り受けたポメラニアンをテルミンと名づけたこと。給食時に教師のスプーンを四つ折りにして困らせたらしいこと。女子よりも男子と遊ぶのを好んだこと。それが昂《こう》じ、地元の商店街のゲームセンターでゲーセンクイーンとして君臨したらしいこと。そして、テルミンをつれて東京へ進学したことなどである。

スプーンが曲がると気づいたのは五歳のころだという。

とはいえテレパシーや瞬間移動ならいざ知らず、スプーンなどが曲がったところで生活上の役には立たない。そこで新卒採用でソフトハウスに就職したものの、いわゆるデスマーチに初年度から巻きこまれ、ストレスから鬱病《うつびょう》となり、大量のスプーンを曲げては放る動画を衝動的にウェブに公開したところ、超能力があるとかないとか以前に、その技術と器量の無駄遣いが人心を打ち、たちまちエスパー界のゆるキャラの地位が確立された。

これが前世紀であれば、侃々諤々《かんかんがくがく》の論争にも発展しえたのかもしれない。ところが斯様なパフォーマンスを人々はそもそも忘れており、さらに超能力があるかないかといった議論の前に、公開された動画はもとより無償で、加えて彼女の訴えは科学やオカルトと関わりない、職場に関する愚痴《ぐち》や相談なのであった。このため視聴した側としては、いったい彼女の話とスプーンのどちらに注目すればよいのか皆目わからず、結果、細かいことはよく知らないがなんとなく可愛いし好きだといった意見が大勢《たいせい》を占めた。

否定的な評価が目立ちはじめたのは、メディアに露出《ろしゅつ》するようになってからだ。

批判の多くは、奇術師としてのモラルに反すること、もっと広く言えば科学の敵になりうることなどであったが、当の千晴はあっさり結婚して表舞台を去ったため、こうした攻撃の矛先は、二匹目の泥鰌《どじょう》を狙ってスプーンを曲げはじめた別の若手芸人に集中した。

メタル・ベンディング——いわゆるスプーン曲げは、奇術の分野においては枯れた技術である。

曲げる手段は多種多様で、基本的には梃子《てこ》の原理と目の錯覚が用いられる。

しかし梃子の原理はいいとして、千晴のベンディングは力点と作用点が逆であり、これではスプーンは曲がらないと動画にコメントをつけた者がいた。いま振り返れば、これは看過《かんか》しがたい指摘であったのだが、とにかくなんらかの方法を使ったのだ、なんなら拡張現実《AR》か何かである、細かいことは知らないがなんとなく可愛いし好きだと民は寛容を示した。

当の千晴自身はというと、一貫して超能力という語を避け、それがあるともないとも公言しなかった。

そして、どこへ行くにもテルミンをつれ歩いた。

育て方にもよるが基本的にポメラニアンはうるさく吼《ほ》えるため近隣住民は閉口させられたが、彼女の人当たりがよかったことに加え、犬と人間がいっときも離れない様子が微笑《ほほえ》ましかったことから、千晴を目撃すれば捜し物が見つかるとか、麻雀で勝つとか、彼氏彼女ができるとか、まるで座敷童《ざしきわらし》か何かのような扱いとともに千晴は地域に受け入れられた。

テルミンが老衰で死んだのは結婚二年目のころである。

千晴は悲嘆に暮れ、勢い近隣住民は貰《もら》い泣きしつつも、これで近所が静かになると密かに胸を撫《な》で下ろしたが、まもなく夫がペットショップで二代目テルミンを購入し、住民としては心中穏やかならぬものを感じつつ、さりとておおっぴらに責めることも憚《はばか》られ、井戸端会議において各々《おのおの》不満をぶつけ合って憂さを晴らした。

しかし何より世間を驚かせたのは、彼女の選んだ結婚相手であろう。

それは超常現象への懐疑派として広く知られた、物理学者の秋槻義郎《あきづきよしろう》その人であったからだ。

なぜ懐疑派である秋槻がそのような選択をしたかについては諸説あり、ディスカッションを通じて愛が芽《め》生《ば》えたのだとする者、研究対象に対する愛情のようなものだとする者、主張をする者、そもそも男女のことに主義主張など関係ないではないかと投げる者、いや単に千晴が若い女性であったからだとする者と、さまざまな憶測や揶揄《やゆ》が飛び交っては消えた。

秋槻にとってこれは二度目の結婚で、年は一回り離れていた。実際は、千晴は大学時代の秋槻の教え子であり、在学中より交流があったようだ。

千晴は、物理を学んでいたのである。

この事実について、秋槻はウェブの雑記で一言漏らしている。

「まったく不思議なものだ」

まるでこっそりと秘密でも明かすように、彼は記事の末尾にこう記していた。

「物理を学んだ千晴が、明らかに科学に反するパフォーマンスを見せる。それに対し、物理のことなど知らぬ者たちがインチキだと騒ぎ立てる。そのどちらもが、わたしからすれば愚かしく、それでいて不思議と愛おしくもある」

この発言には韜晦《とうかい》があり、真意は汲《く》みづらい。

だが、偏狭で知られた秋槻が、千晴へ一定の理解を寄せていたことは察せられた。

千晴は穏やかな生活を手にしたかに見えた。

ある夜、千晴の不在時にマンションの非常階段から秋槻が墜死《ついし》した。同居人の千晴は、事件の晩、友人の引っ越しの手伝いで遠地におり、墜死そのものは単純な事故ないし自殺だと考えられたのであるが、報道を受けた市民は疑いの目を千晴に向けた。

世間の評価は容易に反転する。

何かトリックがあったはずだと見てきたかのように口にする者、エスパーなのだしきっとすごい方法があったのだと適当なことを述べる者、最初から怪しいと思っていたと付和雷同《ふわらいどう》する者、いや超能力ならそもそもトリックはいらぬではないかと空気を読まずに指摘する者、細かいことは知らないがなんとなく可愛いし好きだったのに騙《だま》されたと憤《いきどお》る者と、見解はそれぞれ異なりながらも、総体としては、魔女狩りとも呼べる事態にまで発展した。

警察は事件性はないと断定した。

その裏で、千晴は静かに病んでいった。

千晴は秋槻の論文をすべてプリントアウトすると繰り返し読み耽《ふけ》り、ついには暗唱できるまでになったが、彼女自身は学部卒でしかなく、要所要所で理解が及ばない。訊ねるべき相手も、すでに世を去っていた。千晴は辛いことがあるとスプーンを曲げる癖があるため、おのずといくら買ってもスプーンが足りず、近所の百円均一は入荷量を増やしてこれに対応した。

保険金が入ったため、当面、生活に困ることはなかった。

しかし金があってやることがないときほど、人は狂う。そして、その狂いかたはいつでも類型的なものだ。彼女は隣駅のクラブに通い、弱り目につけこむ男たちと利害一致で寝て、薬を覚え、リストカットをし、やがてスプーンではなく人生を曲げたエスパーとして一切合切をウェブメディアに暴かれるに至った。

これを見た一部の真面目な女性は、だから女は駄目なのだと憤り、一部の真面目な男性は、だから男は駄目なのだと嘆いたが、行き着くところまで行って業をさらけ出した者に対して、なぜか人はおおむね寛容になるようで、魔女狩りはいつの間にか同情論に置き換わった。

近隣住民が気にしたのは、千晴がいつもつれ歩くテルミンを見ないことだった。

千晴はテルミンを唐突に放置したり、かと思えば溺愛《できあい》したりを繰り返していたので、これでは犬としても堪らない。やがて千晴は睡眠薬のオーバードーズによって三日三晩昏々《こんこん》と眠りつづけ、起きて何をしていたか思い出せず、とりあえず三日前に淹《い》れた紅茶を飲もうとしたところで、飢《う》えた愛犬が半死半生で尻尾を振るのを見た。

彼女は一念発起して薬を断ち、匿名会《とくめいかい》に通い、立ち直ってテルミンをつれて公園に出たところを拍手によって迎えられた。

以来、千晴は近隣住民の無言の圧力のもと、過ぎた遊びは控え、ジョギングをしたり、享楽の日々の回想を電子書籍で個人出版したり、あるいは匿名会で出会ったイベンターの演出でエスパーＤＪとしてクラブ出演をしたりして過ごした。

このイベンターというのが、刑事犯となった著名人などを出演させ、人気の最後の一滴を搾り取るといったやり口を繰り返しており、率直なところ好ましい人物でもなかったのだが、彼自身がヒールを自認し、それを売り物にしているところもあり、まーたいずれにせよ誰かがやっただろうことには違いなく、千晴に興味を持ったわたしが紹介を頼んだ相手もその彼であった。

2

「それで——あたしの何を知りたいの」

千晴は人当たりがよいとのことであったが、マンションでわたしを迎え入れた際はいかにも疲れた様子で、開口一番、気怠《けだる》げにそう訊いてきた。二代目テルミンが窘《たしな》めるように吼え、千晴は手を伸ばしてテルミンの顎《あご》を撫でた。

「お嫌でなければ」

応接のテーブルに案内されたところで、わたしは持参したスプーンを取り出した。

千晴はそれを右手でひょいと持ち上げると、飴細工《あめざいく》の職人のようにくるくると手の内で回し、たちまち小さな龍のオブジェを作り上げた。

龍を作るその手元をわたしが凝視しているあいだ、千晴は目を落とすことなく、まっすぐにわたしの反応を見ていた。できあがった龍を、千晴がわたしに差し出した。

感嘆の声が出たが、千晴は鼻で笑うと、

「こんなもの、曲がらなければよかった」

ぽつりと、まるで悔やみでもするようにつぶやくのだった。

「素晴らしいです」

「だけど、信じてるわけじゃない」

痛いところを突かれ、わたしは押し黙ってしまった。

千晴は窓の外へ目を向けていた。

視線の先にあるのはビル群だ。いまいるマンションは九階建てで、千晴の部屋はその七階にあった。見晴らしはいい。

「別に」千晴がこちらを見ずにつづけた。「信じてほしいわけでもないけどね」

こちらの本音を言えば、信じるも信じないもなかった。

わたしが知りたかったのは、千晴という人物のパーソナリティなのだ。

「……これを」

バッグから取材契約書を出し、千晴にサインを求めた。

得た情報を公開するまでの手続きや、解約の条件などが記されている。

「貸して」

千晴はつまらなそうにしながら、ろくに読みもせずに万年筆でサインをした。

わたしがそのペンを見ていることに気づくと、

「夫の遺品」

短くつぶやき、書類をこちら向きに返した。

「なんでも暴いて。お好きなように」

「それはどうも……」

気が変わらないうちにと書類をしまい、眼前の龍の細工に目を落としてみた。

スプーンなどが曲がったところで役には立たず、共感も得られない。前世紀ならまだしも、やるならやるで、もっと派手で効果的なショーがいまはいくらでもある。

が、そうであるからこそ、彼女が演技をしているようには思えなかった。

すると、仮にそれが奇術であろうと未知の能力であろうと、少なくとも彼女自身は、このステンレスの匙《さじ》が曲がると、真に心から信じているのではないか。

そうだとしても、とわたしは思う。

なぜ、千晴はスプーンを曲げなければならなかったのか？

なぜ、それはスプーンでなければならなかったのか？

車の盗難防止サイレンが鳴りつづけていた。

その横を、帰宅途中の学生やお参りへ向かう老人たちが通り過ぎていく。名物の塩大福屋の前に列ができていた。子供や、買い物袋を持った男性が多い。

巣鴨《すがも》駅近くの喫茶店である。

「日付に四のつく日に、大勢がお参りにやってきます」テーブルの向かいの男が、窓の外を見ながら口を開いた。「十四日とか二十四日とか。なぜ四であるかは世界の謎でして」

「素数でもないですしね」わたしは思いつきをそのまま口にする。

「三にすれば……。いや、三十が駄目ですね」男が生真面目に応えた。

ラフな服装に、長い髪をピン留めしている。名前は駒井新《こまいしん》。巣鴨に本社を置くラピッド・ソフトウェアで技術部長を務めているそうだ。千晴のかつての上司である。

「あの動画は、さぞお困りだったでしょう」

わたしが口にしたのは、千晴が最初にアップロードした動画のことである。動画での訴えには、職場環境の悪さや長時間労働などのことも含まれていたからだ。

「……うちのような零細《れいさい》が労働基準法を守ることは不可能なので。そのあたりは、いまさら隠すことでもないです。むしろ、情報セキュリティ管理の面で打撃でした」

駒井は首を鳴らし、いたた、と独言する。

「そもそも論を言うなら、彼女を追いこんだこと自体が、わたしたちの不手際です」

「千晴さんは、技術者としてはどのような？」

答えるかわりに、駒井は紙ナプキンに小さな樹形図を描いた。

「それは？」

「プログラムは、小さなものでも無尽蔵《むじんぞう》に動きが分岐する。わたしたちは、この枝分かれのすべてに対して責任を負わなければならない。ところが、一部のプログラマは、野性の勘のようなもので、この全体像を一瞬で直感的に把握したりもします」

話しながらも、駒井は手元の樹形図を膨らませていく。

「一方で、一つひとつの分岐を緻密《ちみつ》に検証しながら仕事をするプログラマもいる。だいたい、この両者がいて開発は回っていきます。それで言うと、彼女は後者に該当《がいとう》する技術者でした」

「優秀であったと？」

「まあ、戻ってきてほしいですね」

わたしは頷《うなず》いて窓の外を見た。

品揃えの豊富なショッピングモールは商店街より強く、立地の制限のないウェブ通販はモールよりも強い。そして、無数の店舗が乱立するウェブ通販よりも、通勤途中にある商店街が強い。まるでゲームデザインでもするように、東岸平和党はこの三竦《さんすく》みを巧みに作り上げた。

結果、各地の商店街は活気を取り戻しつつある。

駒井はコーヒーに砂糖を混ぜながら、ふと思いついたようにスプーンを持ち上げると、首のところで曲げてみせた。

わたしが面食らっていると、

「梃子の原理ですよ」

駒井は苦笑しながら、スプーンを元通りに伸ばした。

それから何を思ってか、樹形図を描いたナプキンを裏返しに伏せる。

「こんな宴会芸を覚えてはみましたが」駒井が遠い目をした。「あの日のことばかりは、どうしても説明がつかない」

思わせぶりな口調で駒井が語ったのは、千晴の送別会のエピソードであった。

アップロードされた動画が問題になったあと、千晴は責任を取って辞めると言い出した。駒井は慰留《いりゅう》したが、彼女の決意はすでに固まっていた。

結局、千晴はプロジェクトが終わるまでの半年間を勤め上げ、引き継ぎののち、部署内の送別会が開かれた。

「酔った部下が、店のスプーンを彼女に渡して曲げてみろと迫ったんです」

駒井は窘めたが、同席していた社長が話に乗った。千晴はおもむろにスプーンの柄《え》を指で支え、反対側を駒井に持たせた。

曲げてみろと言う。

駒井が力を入れるや否や、飴細工のようにスプーンの首が捻《ねじ》れていった。促され、駒井はスプーンを検《あらた》めた。それは首のところで綺麗に二回転して固まっていた。

「……あの感触は忘れられません」

以来、折に触れ、駒井はこのときのことを思い返すようになった。

スプーンは確かに店のものだった。動画の出来事であれば、何か方法があったのだろうで済ませられる。しかし金属が曲がっていく感触を、いまなお手が覚えている。

自嘲するように、駒井は唇を歪めた。

「わたしは、ほかならぬ自分の手で、スプーンを曲げてしまったのです」

「店が決まったのはいつのことでしたか」

わたしの質問の意図を、相手はすぐに察した。

「会の数日前です。だから、店で使われる食器の銘柄を知る機会はあった」

ここでわたしたちが想定したのは、スプーンのすり替えである。

駒井にスプーンの片方を持たせ、力の加減をコントロールして曲がったかのように錯覚させる。そののち、あらかじめ曲げておいたもう一本とすり替える。

あるいは、いっそのこと最初から曲がったスプーンを駒井に持たせる。

いかに注意を逸らして意識を誘導するかになるが、やってやれなくはない。

「ですが……」駒井の返事は煮え切らない。「わたしは首の部分が捻れていくさまを確かに目撃したのです。そう思いこまされている可能性は、むろんありますが」

それで――。と駒井はバッグからスプーンを取り出した。

「こういうものを作ってみました」

一見すると普通のスプーンだが、首の部分が柔らかいゴム素材で接合されている。

「手順としては、まず店のスプーンを力任せに曲げる。それから、この特製のスプーンを差し出し、捻らせ、相手が驚いた隙に本物とすり替える」

偽物が目に触れるのは一瞬だから、銘柄にこだわる必要はない。

極端な話、スプーンの形でありさえすればいい。

「しかし……」

「そうです。わたしが手を離さなければ、すり替えるチャンスがない」

しかも、一瞬でトリックが露呈してしまう。そんな方法を、千晴は取るだろうか。

まったく理不尽《りふじん》です、と駒井が小さな声で漏らした。

「理不尽とは？」

「体験してしまったがために、論理的な思考を強いられ、しかも答えが出せない。けれど、何かトリックがあったのだろうと深く考えずに済む人たちが、結局のところは、往々にして正しい」

屈折した意見である。

そうだとも違うとも答えられずにいると、駒井はばつが悪そうに頭を掻《か》いて、

「彼女は元気でしたか」

不意に、千晴の近況を訊ねてきた。わたしは彼女と話した内容をいくつか伝えたが、そのあいだも駒井は目を逸らして窓の外を眺めており、耳に入っていたかどうかは怪しかった。


千晴は協力的だとも非協力的だとも言えた。

彼女は身振り手振りを交えてよく喋り、その多くは他愛ない世間話であったり、まことしやかな噂話であったりしたが、なべて真偽は怪しく、またときおり闇のようなものを覗かせては、わたしが追及するより先に話題を変えた。

こちらの興味を惹《ひ》きつつ、翻弄し、最終的には煙《けむ》に巻いているようにも思われた。

声色を親しげにしてきたり、かと思えば突き放してきたりと、千晴自身が他者との距離感を測りかねている節もあった。ある晩などは突然千晴から連絡が入り、狼狽《うろた》えた様子で、「すぐに部屋まで来られないか」と頼まれた。

ただならぬ様子に車を飛ばしたところ、マンションの室内は派手に荒れていた。床には茶か何かが零《こぼ》れた痕があり、その上に蛙の置物や玩具《おもちゃ》のスーパーボールが散乱し

ていた。

　テルミンが吼えた。

　テーブルの向こう側に、見知らぬ女がいる。彼女は一瞬だけわたしを見上げると、すぐに興味を失い、千晴に向けて坐《すわ》りなさいと促した。わたしは自分がなんのために呼ばれたのか皆目わからず、事情を教えてください、と間の抜けた声で言った。

　二人は一瞬だけこちらを見てから、何も言わず元通りに向かい合った。

　どちらも、わたしのことは目に入っていない様子であった。

「お父さんも怒ってる」と、テーブルの女がぽつりとつぶやく。

　千晴はそっぽを向きながら、

「それは関係ないじゃない」

と低い声で応える。

　聞こえてきた話の断片から類推すると、要するにこういうことのようだった。

　まず千晴の母親が部屋を訪ねてきて、おそらくは働けだとか実家に戻れだとか、そんなありふれた、しかし親としては切実な要望を述べた。ところが千晴が耳を貸さず、話し合いはたちまち口論となり、やがて茶がこぼされ、蛙の置物が放られ、ついには全面戦争となりスーパーボールの投げ合いに発展した。その過程のどこかで、わたしが呼ばれた。

千晴は言いたいことを言ってはテーブルを叩き、母親もまた売り言葉に買い言葉で応じ、テルミンが吼え、堪りかねた隣人が壁を叩き、さながら一つの音楽のようでもあった。

おそらく調停に呼ばれたのであろうと口を開くと、二人同時にこちらを見て黙ってなさいと言う。帰ろうとすると帰るなと言う。

聞いているのも馬鹿らしいのでわたしは携帯端末を開き、仕事のメールを打ち、テルミンの水がなくなっていることに気がつき、台所の流しで勝手に補充した。そのまま犬と遊んでいると、母親が席を立ち、もう来ないと言って部屋をあとにした。千晴も千晴で、お隣さんたちに謝って回ると言い残し、なぜかわたし一人が取り残される恰好となった。

わたしは置物を元の位置に戻し、ボールを集めて台所の擂《す》り鉢《ばち》にまとめた。伏せられた写真立てがあった。覗き見ると、秋槻が千晴によってヘッドロックをかけられる様子だった。元通りに伏せ、もう一本メールを打った。だんだんと不安になってきたところで、テルミンが尻尾を振りながら玄関へ駆けていった。

「まいったね」と戻ってきた千晴が言った。

わたしも少し考えてから、「まいりましたね」と応じた。

それから改めて事情を訊ねたところ、母親は千晴の素行に頭を痛め、近所を歩けば嘲笑の的となり、父親は鬱病になり会社を休職するに至った。娘のことは諦めているが、さりとて腹が納まるものでもない。せめて再就職してくれないかと娘に頼んだが、千晴は千晴で、スプーンによって収入を得て何が悪いという言いぶんがある。

「もう、いっそAVにでも出てやろうかな」

千晴は気勢を上げたが、こちらとしては、好きにやればいいと放っておけるほど無責任にもなれず、そうかといって彼女に臍《へそ》を曲げられても困る。そもそも千晴は意見など求めていないので、「お勧めしません」とだけ応えておいた。千晴はつまらなそうに頷くと、携帯電話でメールを打ちはじめた。

その足元にテルミンが寄ってきたので、千晴は空いた片手で頭を撫でた。

「なぜわたしを？」

「おかげで、少しわかってもらえたと思うよ」

意味がわかるまでに、もう一つ二つのやりとりを要した。

つまり、彼女は取材者を家に入れることで、自分の仕事が取材されるほどのものなのだと母親に示したかったようなのだ。そうわかった瞬間、潮が引いていくような感触があった。

いまさら腹が立ちはじめた。

一方で千晴はというとすっかり機嫌を直し、鼻歌を歌いながら、寝室から小さな桐《きり》箱《ばこ》を取ってきた。前世紀の超能力者が曲げたというステンレス製のスプーンだった。

ファンの男の子からもらったんだ、と千晴は得意気に口にした。

「どうせ」わたしは口走ってしまった。「超能力なんてないのに?」

そのとき、ほんの一瞬だが、千晴が怯《おび》えた子供のような素顔を覗かせた。

そうだよね、と彼女はつぶやいた。

「つき合わせてごめん。……もう、電話とかしないから」

3

この一件のあと、わたしは千晴の母親に取材を申し入れた。

母親の名は及川静紅《しずく》といい、いったんはわたしの打診を拒んだのだが、あとになって、一時間だけならと新小岩《しんこいわ》の喫茶店を指定してきた。

静紅はわたしの顔を見ると、千晴も昔はあんな子ではなかったのにと嘆き、それから自分にも言いぶんはあるのだと先日の訴えを頭から順に話し、最後に娘をよろしく頼むと言って一方的に話を打ち切りかけた。

慌てて、わたしは用意していた質問に取りかかった。

それからなんとか聞き出せた範囲では、静紅はかつて秋田の商社に勤め、いまの夫と職場結婚をしたのち、退職して千晴を儲《もう》けた。千晴は幼少よりスプーンを曲げていたが、精神世界などへの傾倒は見られず、どこで技術を身につけたのかは不明であるとのことだった。やがて夫が東京へ異動となり、千晴も東京での進学を希望したため、一家でこの街へ引っ越してきた。

「そのころから、おかしくなってきたのです」

「どのように？」

訊ねてみたが、静紅はそれには答えず、

「頭のいい子だったんです」

突然、古い知能検査の結果を見せてきた。一三〇という数値が出ていた。標準偏差は一五。そのまま受け取るなら、上位二パーセントの知能ということになる。

書類の末尾には、秋田の精神科のスタンプが押されていた。

「……この場所へはどうして？」

「言葉が遅かったので」静紅が上目遣いにこちらを見た。「発達障害を疑いまして、それで……」

「治療はいまも？」

静紅は口を開きかけてから、こちらの意図を察して押し黙った。

やや気まずい沈黙ののち、わたしは千晴が前日ウェブサービスに流した「宣言」の話をした。それは脱エスパー宣言と称するもので、今後スプーンは曲げないこと、周囲の人間を傷つけて心苦しく思っていることなどがつづられていた。

「よくあることです」静紅は沈鬱に応えた。「やめると言う。翌日それを撤回する」

千晴の宣言の末尾には、興味深い記述があった。

自分がやりたいことは新興宗教を作ることではない、と彼女は書いたのだった。前世紀、超能力少年と呼ばれた人物も、かつて同じような主張をしている。

超能力と宗教は、不思議と親和性が低い。

千晴の宣言には多くのコメントがついていた。むろん批判的なものもあったが、多くはやめないでくれという訴えであったり、その通りだと付和雷同するものであったり、あるいは単に千晴を応援するものであったりした。

「こうしたコメントについて、どう思われますか」

静紅は即答しかけてから、我に返って深呼吸をした。

それからわたしをまっすぐに見て、「殺してやりたいです」と簡潔に述べた。


ところで、いわゆる超能力者への批判は、大きく二つに分けることができる。

まず一つには、超能力とは詐欺であり、ひいては科学に仇《あだ》なすとするもの。もう一つが、奇術師としてのモラルに抵触するというものだ。

これについて、奇術師である久保松刀《くぼまつとう》に話を伺ってみた。

「わたしたちが問題視するのは、超常現象の有無ではありません」

久保松は中野《なかの》でマジックショップを経営しており、店を訪ねると、A4用紙に「食事中」と大書して裏の事務所へわたしを案内した。千晴の作った龍を見せると、「ここまで上手くはできません」と謙遜《けんそん》しながら、フォークで小さな虎を作ってみせた。

「わたしたちも、魔法だと言ってショーを演じることは可能です。そのほうが、お客さんは興味を持つかもしれない。ですが、それはやらないのです。もちろん、客を騙してはならないというモラルもある。ただ、それだけではないとわたしは考えます」

「なぜですか」

久保松は躊躇《ためら》ったのち、わたしの解釈ですが、と前置きを入れた。

「……奇術の起源は、紀元前のカップ・アンド・ボールであると言われます。しかし、このころはまだ魔術と奇術の境界が曖昧でした」

「英語では、魔術も奇術もマジックですね」

「中世になると、魔女狩りがはじまります。さらに十六世紀には『妖術の暴露《The Discoverie of Witchcraft》』と題する奇術の種明かし本が出版された。これは、魔女狩りから人々を救うために書かれたものだとされます。しかし皮肉にもと言うべきでしょうか、当の魔女裁判で、魔女かどうかの判定に奇術が用いられたのは有名なことです」

魔術と奇術の関係は、見ようによっては、倒錯したものがあるらしい。

「どうあれ、近代奇術の発展は、ある側面において、魔術を否定したその上にあります。だからこそ、わたしはメタル・ベンディングを超能力と呼ぶことに抵抗を感じるのです」

「……信仰は自由だとする意見もありますが」

「あくまで、奇術が悪用されることをわたしたちは問題にしています」

質問をしながら、ふと、わたしはこんなことを思った。

超能力をめぐる議論においては、えてして信仰の問題は伏せられ、ショーとしての倫理面などに焦点が絞られる。これは、宗教ではあまり考えられないことだ。

それについて訊ねたところ、

「おそらく、その後の問題です」

しばしの沈黙ののち、久保松は答えた。

「超能力ビジネスと宗教団体には大きな違いがあります。それは、母体となる団体の有無です。宗教団体は、信者のその後の人生をケアすることができる。団体がその後を引き受けるからこそ、世間は信仰の自由に対して寛容になれるのではないですか」

そういえば、千晴はこう書いていた。自分は宗教団体を作りたいのではないと。

それは一見すると、慎ましい主張であるように思える。しかし久保松の指摘は、裏を返せば、彼らが団体を作らないことこそが問題の核心だということだ。

「彼らはわたしたちの共同体の認識や価値観に罅《ひび》を入れる。それでいて、新たな共同体を創出しようとはしない。あるいは、問題は彼らが嘘をついていることではないのかもしれません」

するると、と久保松は話を締めくくった。

「超能力者とは、畢竟《ひっきょう》、個人を志向するからこそ、人に厭《いと》われるのではないですか」


千晴はもう電話をしないと言っていたが、意外にもと言うべきか案の定と言うべきか、その後も頻繁に連絡があり、その多くは他愛ない世間話であったり、自分が出演したイベントや、そこで出会った業界人の自慢であったりした。

しかし話題がスプーンに及びそうになると、そのたび彼女は話の矛先を変えた。

回線越しの千晴はまるで長年来の友人か恋人のように親しげであり、また、前に聞いたはずの話が繰り返されることもしばしば起きた。

逆に、仕事上の必要から連絡を入れようとすると、つながらないことが多かった。

おそらく酒で哀しさを紛らわせるように、手当たり次第に誰かと話しているのではないかと察せられたが、忙しいだけということも考えられる。

千晴という人物がその裏に何を抱えているのかは、いっこうに見えてこなかった。

そうして、緊密なのか疎遠なのかもあやふやな関係がつづいたのち、ふたたび、すぐに来てくれないかという連絡が入った。千晴が言うには、家の周辺にストーカーがいるので、一人では怖くて堪らない。前回の例もあり疑わしく感じたが、結局、わたしは承諾をした。

見てみたい場所があった。

かつて秋槻が転落したという、マンションの屋上の非常階段である。

4

小雨が降りはじめていた。

千晴のマンションを訪ねると、家主は無言のまま玄関口でフライヤーを差し出してきた。それは三軒茶屋《さんげんぢやや》で行われるクラブイベントの告知で、〝美人すぎるエスパー〟という褒められているのか虚仮《こけ》にされているのか判断に苦しむキャッチコピーがつけられていた。

行きますよと言うと、花が開くような笑顔が返ってきた。

それからまた世間話がはじまり、肝心のストーカーについては一言も触れられないまま、たちまち小一時間が過ぎた。

屋上の件を切り出すタイミングがつかめないまま、夜は更けていった。テルミンの水が換えられた。土産《みやげ》の金楚糕《ちんすこう》がなくなったところで、不意に思い出した体を装い、秋槻の話を振ってみた。

そっか、と千晴が納得したように頷いた。

「それでずっと、何か言いたそうだったんだ」

千晴はこちらのペースにかまわず話をするが、人の感情は鋭敏に読み取る。

「何を訊きたいの？」

「屋上を見せてはいただけませんか」

千晴の顔から表情が消えた。

かつてかけられた嫌疑を、彼女が思い出したことは明らかだった。釈明をしても藪《やぶ》蛇《へび》に思えたので、黙したまま、彼女の反応を待つことにした。

千晴は立ち上がると、無言でドアを開けて上を指さした。

廊下に出ると、大きな音とともに背後でドアが閉められた。歩きながら、ふと、自分は手に余る関係をむしろ断ちたかったのではないかと思った。

屋上は夕方からの雨を受け、鏡面となって夜の東京を逆さに映し出していた。前に誰かが置いたと思《おぼ》しき鉢植えで、植物が立ち枯れている。

給水塔の向こうに、鉄製の非常階段が覗いていた。このマンションの非常階段は各部屋の窓をつなぐ形で、二階部から屋上までつらなっている。

傘を片手に見下ろすと、二階部までの階段が折り重なり、まるで鉄でできた巨大な蜘蛛《くも》の巣に見えた。秋槻は、ここから足を滑らして転落したとされている。

なぜ、彼が階段を降りようとしたかは明らかになっていない。

うっすらと、住人の誰かがかけているクラシック音楽が聞こえてきた。

車が一台、クラクションを鳴らしながら通り過ぎていく。

そのまま五分ほどを過ごし、わたしは調査とも呼べない調査を切り上げることにした。屋内へ通じるドアに手をかけようとしたところで、不意に、嫌な予感が走った。

ドアはロックされ、開かなかった。


反射的に非常階段へ目が行ったが、鉄材の表面は雨で濡れており、下手をすれば秋槻の二の舞になりかねない。ショートメッセージで千晴に助けを乞い、送信した直後、そもそもが彼女の仕業である可能性に思い至った。

急に冷えを感じた。

近くの知人に助けを求めようと思いついたところで、非通知の着信を受けた。不審に思いながら電話を取ると、相手は名乗るより前に、

「寒くないですか」

と藪から棒に訊ねてきた。

「あなたは……」応えながら、わたしは記憶を探った。「確か、駒井さんでしたか」

ふん、と回線の向こうで鼻を鳴らす音がした。

駒井はそうだとも違うとも言わず、手短に要求を伝えてきた。

「これ以上、千晴と関わらないでもらえますか」

「なぜです」

「前は、わたしがあなたの立場にいた。それがいまはストーカー扱いだ」

落ち着いて話をする必要がありそうだ。

詳しく聞かせていただけますか、とわたしは先を促した。駒井はしばらく躊躇《ためら》っていたが、やがて回線越しにため息をつくと、

「昔、つきあっていたんです。もう、だいぶ前のことですが」

言いにくそうに、そう切り出した。

聞けば、駒井と千晴とのあいだには、ラピッド・ソフトウェア時代に交際していた時期があったという。その関係は、千晴が退職してまもなく消滅した。

しかし秋槻の死後、彼女は折に触れて駒井に連絡を入れるようになった。

最初は他愛ない世間話や互いの近況報告ばかりであったのが、やがてかつてのように緊密になり、最後には、いま手首を切ったといった電話やメールが幾度となく入る

ようになった。

そのたび、駒井は私用外出申請を出して千晴のもとへ駆けつけた。

繰り返すうちに、それが当たり前になってきた。千晴は駒井の生活を侵食し、駒井は駒井で、千晴のために何ができるかと、そればかりを考えるようになった。

「すでに恋人ではなく、未練もないはずでした」

それなのに、心配で仕事も手につかない。

いつしか、彼の周辺のいっさいが千晴を中心に回っていた。

にもかかわらず、駒井にとってこの状況は必ずしも不快ではなかった。異常な関係だろうと、理解が得られずとも、人一人を助けるという行為は、理屈抜きに面白い。

駒井はこの新しい生活、新しい関係に適応していたのだ。

「それは……」

わたしは口を開いたが、その先が憚《はばか》られた。

わかりますよ、と駒井が先回りをして言った。

「自分でもわかってます。これは、依存というものです」

「ええ」

「ですが、いったいそれの何が悪いというのです！」

そう居直られてしまうと、こちらとしても二の句が継げない。

いずれにせよ、二人の蜜月《みつげつ》は突然に終わりを迎えた。千晴からの連絡が途絶え、彼女は公然と駒井をストーカーと呼ぶようになったそうなのだ。

それも、おそらくはわたしの出現によって。

「心のどこかで、わたしはこの結末を予期していました。ですが……」

駒井の声は震えていた。

「こんな――いまさら、元の暮らしになど戻れるものですか！」


悲痛な叫びだった。と同時に、玩具を取られた小さな子供のようにも聞こえた。

なぜ自分が狙われたのか、わたしにはわかるような気がした。

千晴のウェブの宣言につけられた無数の応援や賞賛。それに対し、母である静紅は漏らしたのだ。殺してやりたい、と。

状況は、思っていたより危険なのかもしれない。そう思った瞬間、口走っていた。

「秋槻教授は、あなたが？」

――通話はとうに切れていた。

雨は止みかかっている。携帯電話をしまい、そっとため息をついた。どうやって夜を明かすか思案しはじめたところで、背後で金属音がした。振り向くと、屋内へつづくドアが開いていた。

千晴だ。息を切らしながら、こちらへ歩み寄ってくる。

「どうして？」我知らずわたしは口にしていた。

「どうしてって」千晴が不思議そうに応えた。「メールくれたじゃない」

「でも……」

「寒いでしょ、お茶淹れたげる」

それだけ言うと、千晴はさっさと屋内へ引き返してしまう。慌ててその背を追いかけた。ドアを抜けたところで、何かが足にぶつかった。室内側のドアノブだった。屋内外の両側に、鍵穴があるタイプのようだ。

それが、根元のところで飴細工のようにねじ切れている。

「管理人に鍵を借りに行ったんだけど」ばつが悪そうに、千晴が軽く頭を掻いた。「そうしたら、失《な》くして見つからないって言うのね。だから、鍵そのものをなかったことにした」

普通、鍵はなかったことにはならない。わたしは思わず吹き出してしまった。

「梃子の原理を使ってですか」

「そう」と千晴は悪戯《いたずら》っぽく笑った。「梃子の原理を使って」

テルミンが駆け寄ってきた。

主人の千晴が相手をしてくれなかったせいか、わたしの足下でしきりに疳高《かんだか》い声で啼《な》く。撫でると、冷えた手に犬の体温が流れこんできた。

戸棚からハーブティーのセットを出しながら、千晴が振り向いた。

「あたしは馬鹿だから、人を見る目がない。そういう判断は、全部テルミンまかせ」

「犬に丸投げしないでください」

茶が出された。

ハーブティーだ。一口含んでから、ねじ切れたドアノブをテーブルに置いた。

「来てくれるとは思いませんでした」

千晴は瞬きをしてから、

「人一人を助けるのに、理屈なんていらない」

屈託《くったく》のない表情で、駒井と同じようなことを言う。

ふと、わたしはこんなことを思った。

おそらく、彼女はなんらかの障害を抱えている。それが何かはわからない。それがなんであれ、千晴という人物にとっては、この世の現象のいっさいが恋人なのではないかと。

「うん」

と、千晴はハーブティーの出来を確認する。そして空気が一瞬弛んだところで、

「さっきは誰と話してたの？」

不意に問われ、動悸《どうき》を感じた。

「……わたしを閉じこめた犯人とです」

固有名詞を避けて答えたが、駒井さんね、と千晴は造作なく応えた。

「何を話してたかは想像がつく」

母親と同じような上目遣いで、千晴がこちらを窺《うかが》った。

「どう思った？」

「なんとも……」語尾が濁った。「あのノブは、両側で鍵を必要とするタイプでした。そうすると、管理人室から鍵を拝借してロックしたのは、彼ということになる。さらには、わたしが屋上へ上がるという突発的な行動も把握されていた。盗聴か、あるいはまた別の手段によってかはわかりませんが。どうあれ、ここには確かになんらかのストーキング行為があるように思います」

わたしが「鍵」と口にするたび、相手の眉間が寄っていくのがわかる。

「しかし、あなたもあなたで、このような展開を予期してもいたのではないですか」

「あたしが悪いと？」

「あなたに非はありません」

取材と本心とを天秤《てんびん》にかけ、わたしは迷わずに嘘を言った。こうした周囲の人間の打算が、積もり積もって、千晴という人間を生み出したのではないかと思いながら。

テルミンが尻尾を振りながら、千晴の裾を引いた。彼女はそれを見下ろして、

「まあいいや」

ぽつりと、毒気を抜かれたように漏らした。

「ポメラニアンはね、尻尾を振るのがけっこうな重労働らしいの」

「なぜです？」

千晴はそれには答えず、まっすぐにわたしの目を覗きこんできた。

「あなたの考えを聞かせてくれない？　かつて、あの屋上で何があったのか……」

ハーブティーを口元に運びながら、言うべきかどうかと自問した。考えと言えるほどでもないが、少なくとも想像していることならある。

わたしは横目に千晴を窺い、

「警察の判断の通り、ただの事故だったのだと思います」

まずは、無難と思える返答をした。

「だとしても」千晴が食い下がった。「あの人が非常階段に出る必要なんてなかったじゃない」

「案外――」

犬を撫でながら、何気ない口調で問いかけてみる。

「あなたは、すでに答えを知っているのではないですか」

視界の隅で、千晴が口元を結んだ。

「つづけて」

青い顔で、それだけを言う。

「……人が非常階段に出るケースは少なくありません。たとえば、火事などが起きたとき。あるいは、家の鍵を忘れ、かわりに窓から入ろうというとき」

「でも——」

「ええ。おそらく、秋槻先生は鍵を持っていたのでしょう。そうだからこそ、階段に出た理由が不明だとされている」

それなら、とわたしは千晴の目を見た。

「逆に考えてみましょう。先生は鍵を持っていたが、家に入れなかったのだと」

そっと、千晴は自身の首元に触れた。

「どうして？」

「……夫婦のあいだにはいろいろなことが起きます。些細《ささい》なことが口論に発展したりもする。そして、些細な嫌がらせがなされることもある。たとえば、こんなふうに」

わたしはバッグから自宅の鍵を出した。それを右手に握り、もう一度開く。

出てきた鍵は、首のところでＬ字形に曲がっている。

「これは手品ですけどね。前に、奇術の先生から教わりました」

メタル・ベンディングの一種で、キー・ベンディングと呼ばれるものだ。

もっとも、この場合は、あらかじめ曲げておいたダミーの鍵とすり替えただけで、元の鍵は左手に隠し持っている。久保松から教わった簡単な方法だ。

「あなたは、秋槻先生の鍵を曲げたのではないですか。目的は、帰宅した先生を立ち往生させるため。些細な悪戯にすぎなかった。ところが、迎え入れるはずのあなたが、友人の引っ越しの手伝いが長引いて帰れなくなってしまった。そして――」

秋槻は屋上を経由し、雨のなか窓から自室に戻ろうとして、足を滑らせる。

「鍵は落下の瞬間に曲がったと見なされ、問題視されなかった」

話しながら千晴を窺った。視線を鋭くこちらへ向けているが、表情は読めない。

やや息の詰まる思いとともに、わたしはつづけた。

「ですから、この事件は警察の判断の通り、ただの事故だったのではないかと」

千晴はしばらく何も答えなかった。

はあ、という大きなため息とともに、テーブルの曲がった鍵が右手に握りこまれた。ふたたび手が開いたとき、鍵はまっすぐに戻っていた。ただ、よく見れば、折れ曲がっていた箇所には微妙に歪みが残り、鍵としては用をなさないものと思われた。

「こんなふうに」力なく千晴が漏らした。「元通り、まっすぐとはいかない」

「ええ」

「……法に問われないのなら、あたしは自分で自分を罰しなければならない」

罰するという言葉の意味がわからず、生返事をしてから思い出した。事件後、千晴が一貫して自分を傷つけつづけたことを。

わたしに対しても、彼女はなんでも暴けと言ってのけた。

「駒井さんにしてもそう——世界は酷薄《こくはく》なのに、そのくせ、腹の立つことに存外に優しい」

だから、と千晴は言う。

「自分を傷つけられるのは、結局のところ、自分しかいない」

いつの間にか、千晴の頰を涙が伝っていた。

それは清らかな涙でないようにわたしには思えた。むしろ、心の声に従う方法を忘れてしまった人間が最後のどんづまりに流す、わたしたちと同じ苦い涙であると。

ムイシュキンの脳髄

The Seat of Violence

「あるとき、ぼくらの仲間が集まりましてね。そりゃやはりこいつを飲んだんですが、いきなり、こんな提案をするやつがいたんです。つまり、めいめいがテーブルにすわったまま、何か自分のことについてみなに聞えるように話をしようというんです。しかもですね、みんなはこれまでの生涯のなかで犯した悪い行いのなかでも、いちばん悪いと思う行いをまったく正直に話さなければいけないんです。真実でなければいけないという条件つきです。何よりもまず真実でなければいけないんです、嘘をついてはだめなんです」

「風変りな思いつきだね」将軍が言った。

――『白痴』ドストエフスキー著、木村浩《きむらひろし》訳

1

オーギトミーという療法は学会誌で最初に提唱されたときから、実運用されるようになったいまに至るまで、一貫して人の心をざわつかせてきた。

全体としては漠然とした忌避感のみを示す者が多いようだが、それ以外にも、たとえ根拠《エビデンス》があろうと施術してはならないとする者、あるいは無条件に悪であるとして政治・経済その他すべての問題をオーギトミーのせいだとして譲らない者、逆にそれらはメディアの印象操作であって実際は素晴らしい術式だとする者と、反応は実に千差万別である。この療法には、人に何かしら見解を述べずにはいられなくさせる、そんな暗い力のようなものが内在しているらしいのだ。

こうした話題の常で、正確な知識となると、存外に知られていない。

まず、オーギトミーは人を廃人にするか。答えはノーである。廃人の定義にもよるところではあるが、少なくともこの療法によって、患者が廃人化したとする報告は一例もない。

それでは、まったく人格に変化をもたらさないのか。これもノーだ。

なぜ効果があるのか、その因果関係を厳密かつ科学的に説明できるのか。ノー。オーギトミーがなぜ効くかは、仮説が提示されているのみである。ならば、エビデンスのない信用ならぬ代物なのか。ノー。オーギトミーには統計的な裏づけがあり、明確な治療効果が認められる。

では、正体のわからない施術を患者に施していいのか。

意見が分かれる点である。しかし、そのわからない施術により、多くの患者が救われていることは確かなのだ。してみると医療においては厳密な根拠以上に、ある種の勘所《かんどころ》のようなもの、たとえば良識にもとづく漠然とした社会的な合意《コンセンサス》の類いが肝要であるのかもしれない。

——少なくとも、それが他人事《ひとごと》である限りは。

〝ムイシュキン〟——網岡無為《あみおかむい》にとって、そして彼の周辺人物やバンドメンバーにとって、オーギトミーは他人事でも単なる社会問題でもなかった。それは彼らの共同体の中心的な課題であり、またそれが福音であったとも害悪であったとも誰も言い切れず、網岡にオーギトミーが施術されたのちも、皆、この療法をどう受け取ったものか解釈に窮《きゅう》していた節《ふし》が垣間《かいま》見《み》られる。

施術がなされたのはいまより約三年前、網岡が二十四歳のときだ。

本人の証言によると、幼少期の彼は大人しく真面目であった。

両親は早くに離縁をし、数学の教師であった母親が彼を厳しく育てた。ピアノを学び、十歳のころには誕生日プレゼントのキーボードで作曲をしている。趣味は植生のスケッチで、花の咲かない羊歯《しだ》植物などを好んだという。バンド名である「プテリドピュタ」は、ラテン語のPteridophyta（羊歯植物門）に由来するものだ。

なぜ羊歯がよいのかと問われ、

「セクシャルなものが嫌いだったんだ」

と網岡は雑誌のインタビューで答えている。

「性と暴力から性を差し引いたらどうなるか。——もちろん、暴力しか残らない」

気取った言いかたではあるが、暴力というものが、彼に終始まとわりつづけた課題であったことだけは間違いない。

網岡は中高の時分より自らの暴力衝動のコントロールに難渋しており、大学へ進学したのちは、シェイクスピア研究の教授を殴打して退学処分となった。プテリドピュタを立ち上げたのはその直後で、前身となるバンドは在学中に結成されている。

パートはボーカル。

ベーシストの秋月《あきづき》かなえとは、大学在学中よりつき合いがあり、同棲していた。

網岡は生活上のあらゆる些細《ささい》なことで激昂する癖があった。そのたび、彼はパートナーであるかなえを罵《ののし》っては殴り、こうした暴力は、ときにスタジオでの練習やリハーサルの最中にまで振るわれた。

ところが見かねたメンバーやPAが止めに入ると、被害者であるはずのかなえが必ず間に立つのだった。

「バンドは家族」

というのが、当時のかなえの持論であった。

「家族であるからこそ、ドメスティック・バイオレンスは生まれる」

しかし、パートナーである彼女は百歩譲ってそれでいいとしても、ほかのメンバーにしてみれば、網岡は理不尽な暴君以外の何物でもない。

いつでも嵐があり、その嵐の中心には網岡が立っていた。

ある種の家族が暴力によって結びつけられるように、プテリドピュタとは、言うなれば暴力によって結びつけられたバンドであった。

そしてその緊張感が、刹那《せつな》、奇跡的な音色を生み出した。

網岡の施術を経て彼らが解散したのは、自然と言えば自然な成り行きなのだった。

「網岡をムイシュキンと名づけたのは俺なんだ」

そう語るのは、プテリドピュタでかつてドラマーを務めた杉泰弘《すぎやすひろ》である。

「いまは……そうだな。なんだか、夢から醒《さ》めたみたいに感じるけどな」

上井草《かみいぐさ》駅から十五分ほど離れた、公園を見下ろす一室に杉は部屋を借りている。

狭い室内の片隅では電子ドラムのセットが埃《ほこり》をかぶり、ほかにもマイクやミキサーなど、プテリドピュタで使用した機材がまだ残されていた。カレンダーの横には、ライブ写真をポスターにしたものが貼られている。

一人住まいで、日頃は事務職として働いているということだ。

機材やポスターに視線を這《は》わせていると、杉が面映《おもは》ゆそうに顔を背けた。

「音楽をやってたって言うと、たまに動画配信のアドレスを人に訊《たず》ねられたりする」

「なんと言って教えるのですか」

「普通だよ。別に隠すことでもないしね」

「相手の感想は？」

「たいがい、つい職場で政治の話でもしてしまったみたいな顔をして、〝自由でいいですね〟とか、そんなどうでもいい感想を寄こしてくる」

まあ、と杉はつけ加える。

「俺が一番不自由だったのは、何を隠そう、ドラムを叩いてたころなんだけどな」

「いまの職場のほうがよいですか」

杉は一瞬間を置いてから、

「生きてるっていう輝きがあったのもまた、プテリドピュタにいたころさ」

わかりきったことを訊《き》くなという表情で答えた。

「……なぜ、エンジニアリングではなく事務を？」

「わからない。離れたかったのかな。音楽からも、エンジニアリングからも」

――プテリドピュタというバンドは、観客の反応によって曲の展開を変えるインタラクティブ・メタルの嚆矢《こうし》と目される。

活動の拠点は、ライブハウスや動画中継サイトなど。

本来、様式美やパート間のタイトな連係を重視するメタル・ミュージックにおいてアドリブは困難である。そこで彼らは拍子や小節といった最小単位で曲を練習し、観客の反応や動画配信時のコメントをコンピュータに計測させ、複雑な進行を自動生成し、それに応じて演奏するという方法を採った。

そのための一連のシステムを構築したのが、ここにいる杉だったのである。

「オーギトミーには反対ですか」

「あのころは、かなえも、そして網岡本人も苦しんでいた。だから、何がよかったかなんて言えないさ。少なくとも、俺にはな」

「ムイシュキンというのは、やはりドストエフスキーの小説から？」

「横文字風の名前にしたくてね。ちょうど、そのとき読んでた本から取ったんだ」

〃もっとも美しい人間〃を目指し、創り出されたという公爵の名である。作中のムイシュキンは若く、思慮《しりよ》があり、そしてどこまでも献身的に、キリスト教的な愛を他者に向ける存在として描かれる。

「皮肉のつもりだったんだけどね」

杉は唇の端を歪めた。

「結果は、それ以上の皮肉になった」

――専門医による精神医療を望んだのは、網岡自身である。

しかし、暴力衝動といったパーソナリティと密接に関わった問題は、治療計画を立てることが難しい。網岡の場合は、薬物療法や行動療法の効果が薄く、症状の改善が期待できなかった。こうした専門医の報告を受け、倫理委員会はオーギトミーの施術を認める判を押した。

処置に反対したのは、パートナーである秋月かなえのみであったという。

術後、網岡は確かに「人格」を変えた。

春が訪れて雪が解けるように、網岡の脳内の暴風——際限のない怒りの感情や暴力衝動は消えた。そしてそれは、巷間《こうかん》で噂されるような「極度の無気力状態」などではなかった。ときに暴力に転じた網岡の繊細さや鋭敏さは、一転、気遣いや献身に向けられることとなった。

網岡は以前の偏執性はそのままに、自分を殺し、音楽をやめ、他者のために生きはじめた。

オーギトミーは天使を生み出したのであった。

2

オーギトミーとはギリシャ語のὀργή（怒り）とτέμνω（切断する）を組み合わせた造語で、イタリア人医師のカトゥッロ・ガスコが提唱し、のちに経済連携協定を通じて日本でも施術がなされるようになった。

治療の目的は、感情、主に病的な怒りの管理《マネジメント》である。

しかし本来想定していなかった疾患《しっかん》、たとえば鬱病《うつびょう》などにも効果が見られるとして、精神科医療、技能訓練、ひいてはリハビリテーションや療育、肥満治療、果ては犯罪者の矯正《きょうせい》など、いまも世界各地で幅広く適用されている。

適用の拡大に伴い、現在では汎目的可塑的脳外科《general-purpose plastic brain surgery》――頭文字を取ってGPPBSとも呼ばれ、ニュース配信などではこの表記が選ばれることが多い（が、ここでは一般的な呼称である「オーギトミー」を採用した）。

反対派、とりわけ〈人間性運動〉の支持者たちは、オーギトミーの施術は「極端な無気力状態」を作り出すとしてキャンペーンを張ったが、実際にそのような症例はなく、副作用はないか、あっても軽微であるとされる。

稀《まれ》に人格の変化などが報告され、これに対し日本精神外科学会は、「オーギトミーが人格の変化をもたらすとする信頼できるデータはなく、いくつかの悪化例は、杜撰《ずさん》な手術や適用外の症状への濫用《らんよう》によるものである」と声明を出した。

とはいえ、そもそも人格の変化とは何を意味するのか。

ある口の軽い医師などは、

「精神疾患が消滅するのであれば、すでにそれは人格の変化と呼べるのではないか」

とウェブで指摘して論争を呼んだものだったが、これなどは、是非はともかくとして、人格という問題を扱うことの難しさをよく表していると言えるだろう。

オーギトミーを万能医療と称し、その普及に努めたのは、房総大学医学部の小宮山《こみやま》和志《かずし》である。

のちに小宮山は悪魔の医師と呼ばれ、実績やキャリアのいっさいを棒に振ったのだが、当時の状況を鑑《かんが》みると、彼がオーギトミーを万能医療と称揚したのにもそれなりの背景はあった。

というのも、精神科や心療内科の多剤大量処方がたびたび社会問題となり、そうかといって激しい病状をコントロールできる決定打となるような療法があるわけでもない。病床にも限りがあるというので、医療業界全体が、暗にオーギトミーを歓迎していた向きがあったのだ。

いずれにせよ、こうした術式が広く理解を得るのは難しい。とりわけ、最大の批判者として知られるのが、フリージャーナリストの古谷《ふるや》圭二《けいじ》である。

「悪魔の施術――〝ムイシュキン〟の歌声は失われ、あとには〝廃人〟が残った」

このウェブ記事の見出しは、古谷の手によるものだ。

オーギトミーはその是非のみならず、反対派や容認派といった社会全体の受け止めかたに興味深いところがある。記事を目にしたわたしは、すぐに古谷本人へのインタビューを打診した。

先方が指定してきたのは、池袋《いけぶくろ》西口のファストフード店であった。

古谷はきっちり時間通りに姿を現すと、挨拶もそこそこに話をはじめた。

「オーギトミーは便利な術式だよ。でも、なんと言ったものか、便利すぎるんだな」

「それは悪いことなのでしょうか？」

「想像したまえよ。我々全員が目に見えないアイスピックを脳に穿《うが》たれるところを」

「アイスピックというのは……」

「もちろん、きみ、かつてロボトミーで使われたあれのことさ」

古谷が言うのは、ウォルター・フリーマンによる経眼窩式《けいがんかしき》ロボトミーのことだ。

かつてのロボトミーは悪名こそ高いものの一定の成功率を持ち、二割ほどの患者が退院可能となった実績がある。そうでなくとも「扱いやすく」はなるということで、精神科領域の患者が増え、満足な薬や設備のなかった大戦後の精神医療においては、最後の手段として有力な選択肢と目されていた。

そんななか、「より多くの患者を救う」ためにフリーマンが提唱したのが、アイスピックのような簡易な器具――というよりアイスピックそのもの――によって前頭葉を破壊する、経眼窩式ロボトミーと呼ばれる術式である。

……わたしは古谷に向き直った。

「オーギトミーを斥《しりぞ》けるべきなら、我々はいかなる療法を選べばいいのでしょう？」

古谷はまるで話にならないという顔をした。

その背後で、客の子供が笑い声を上げた。

店は幼稚園からの帰宅途中の母子で賑わっていた。古谷のトレイに並ぶのは、新発売のバーガーが一つと、つけ合わせのフレンチフライ、それからアイスコーヒーだ。

古谷はため息をついて、

「ロボトミーは、代案がなかったからこそ普及してしまったのではないか」

「そうは言っても、患者の家族や医療機関の負担は無視できません」

「僕が言っているのはね、ほかに試みるべき療法はいくらでもあるということだ」

「精神科の多剤大量処方は、それこそ目に見えないアイスピックなのでは？」

「それは医師個人の資質の問題だよ」

「しかしですね——」

「この資料を読んでご覧なさい」

古谷が広げたのは、彼が普段使っていると思われるプレゼンテーションの資料であった。廃人、といった強い語彙《ごい》の選択が目立つ。ウェブの記事と異なり、こちらには括弧《かっこ》がない。

わたしはそれを見ながら、つい、つぶやいてしまった。

「なぜ、こうも過激な言葉ばかりを使うのでしょう」

当然、反撥《はんぱつ》が来るものと思われた。オーギトミーについて語る古谷の様子は、怒りや使命感を露《あら》わにしたものであったからだ（このことに、わたしは一抹《いちまつ》の羨《うらや》ましさを覚えたものだ）。

しかしこの一瞬、古谷は神妙な表情を覗かせた。彼はテーブルに手を伸ばして、

「医者が信じられないのさ」

そっと、レコーダの集音部を指で塞《ふさ》いだ。

「母を脳腫瘍《のうしゆよう》で失った。医療ミスだったと僕は思ってる。手術の翌日、執刀した脳神経外科医はウェブ上でこんなことをつぶやいたよ。〝前頭葉は大胆に切れ〟ってね」

——古谷が都内の自宅で刺殺されたのは、この二ヵ月後のことである。

のちに第二の〝ロボトミー殺人事件〟として騒がれた有名な事件であるが、当初、警察は事件の詳細を発表しなかった。犯行の推定時刻は午後十時。現場は、住宅地の裏路地であった。

求職活動の最中であったようで、古谷は紺色のスーツで俯《うつぶ》せに倒れていたという。背には、一本のアイスピックが突き立てられていた。


プテリドピュタの解散後、網岡は米沢《よねざわ》に一人住まいをしているとのことで、わたしは彼と連絡を取り、夜行バスで米沢に向かうことにした。

行く道で、彼らの曲を繰り返し聴いてみた。活動がライブ中心だったこともあり、残されたプテリドピュタの音源は少ない。完成曲として発表されたものは、わずか七曲である。

客の反応に応じて可塑的《かそてき》に姿を変えるため、曲調はそれぞれに異なっている。

ライブ中に生まれたという楽曲が三曲。そして、動画配信によるものが四曲。それぞれ、メンバーの誰かが気に入った演奏を、スタジオで録り直したものだ。

網岡が施術後にバンドを解散したことをもって、「オーギトミーは創造力に影響を及ぼす」とする指摘もあるが、プテリドピュタは網岡の創造力と関わりなく自動で音楽を生成するバンドであるので、この一件とオーギトミーを結びつけるのは難しい。

——聴いているうちに寝てしまったらしい。

目を覚ますと、深く積もった雪が道の両脇で壁となっていた。

網岡の住まいは郊外のマンションの一室であった。

出迎えた彼の髪には白髪《しらが》が目立った。目からは輝きと曇りとがないまぜに感じられ、まるで一対の煙水晶のようでもある。バンドが好調だったころの映像と比較して、もう五年か十年は過ぎているようにも見えた。

普段は工場で働いており、休日は、大好きな羊歯のスケッチに費やすとのことだ。

「なかなか掃除まで手が回らなくて」

網岡はそう言ったが、もとより部屋には最低限の家具しかない。ただ、ところどころに埃が積もり、むしろ廃屋《はいおく》のような印象を受けた。

数冊、薄いビジネス書が床に置かれているのが興味深い。

部屋の隅には、マウスを入れたケージがいくつか置かれていた。

「鼠《ねずみ》もいいものです」

網岡はわたしの視線に気づくと、はにかむように笑い、

「これです」

と髪に隠された傷跡を露わにした。

標準式オーギトミーにおいて、施術に用いられるのは微細工学《MEMS》によるマイクロナイフである。従来の定位脳手術やガンマナイフよりも高い精度を謳《うた》っており、使いかた次第では、たとえば左手の小指だけを動かなくさせることもできるそうだ。

ここまでは、従来のパーキンソン病や鬱病の外科治療の延長線上とも言えるが、異なるのは（そしてしばしば問題となるのは）、帯状回切除《cingulotomy》や嚢切開術《capsulotomy》が脳の特定の箇所をターゲットとするのに対し、オーギトミーにおいては患者ごとの「オーダーメイド」がなされる点だ。

破壊する範囲が大きければ大きいほど、後遺症が現れる可能性も高くなる。だからこうした外科処置においては、いかにピンポイントで目的の組織を破壊するかが重要となる。

しかし脳とは可塑的な器官であり、突き詰めれば患者ごとに違いがある。

そこで、オーギトミーは高解像度の核磁気共鳴画像法《magnetic resonance imaging》とソフトウェアによる機械学

習を組み合わせ、特定の機能部位を突き止め、その一点のみを破壊する。

——まるで、観客の反応に応じて変化する網岡の音楽のように。

「怖くはありませんでしたか」

わたしは訊かずにはいられなかった。

「極小のナイフとはいえ、頭に穴を開けるのです」

「望まずに暴力を振るうことのほうが、よほど怖ろしいことですよ」

「医師は暴力衝動だけではなく、性的能力などもターゲットにしたかもしれない」

「まさか」

網岡は苦々しく笑った。

「オーダーメイドの機械学習も、マイクロナイフの操作も、すべて倫理委員会にログを提出する義務があるし、僕はいつでもそれを参照できる」

「……米沢に越してきたのはいつごろですか」

「一年ほど前です」

発端は、秋月かなえと別れたことであった。

「術後、僕はかなえに尽くすようになりました。彼女のことを思い、彼女のために生きることが、僕の新たな生き甲斐となったのです。むろんそれは、負い目があったからこそですが」

ところが、変貌した網岡を、かなえは受け入れられなかった。

「彼女は一貫して、僕に元に戻ってほしいと言いつづけました。僕が変わってしまった様子が、見るに堪えないのだと」

「たとえ好ましい変化であったとしてもですか」

ええ、と網岡が物憂げに答えた。

「彼女が好きだったのは、暴力的で自分のことしか頭にない網岡無為だったのです」

「小宮山先生を恨みますか」

「まさか」網岡はゆっくりと首を振った。「先生は、僕のために最適と思われる手術を提案してくれた。こうして静かに暮らしていられるのも、すべて先生のおかげにほかなりません」

スケッチブックを見せてもらった。

ラフな素描が多いが、いくつか水彩で彩色されたものもある。ほとんどは植物を描いたもので、ときおり、街を歩く若者や畑仕事をする老人の絵などが挟まれている。

「音楽のほうは、すっかりやめてしまったのですか」

「そうですね……」

彼が言うには、能力を失ったわけではなく、いまでも作曲や演奏はできる。しかし音楽をやっていたこと自体、自らに巣食う暴力衝動を持て余したためでもあった。

「だから、あえていまやりたいとは思えません」

「楽曲の自動生成は、衝動の発露にはそぐわない気もしますが……」

「自分の匂いを消したかったのです。作品から性の匂いを消したいと思ったように」

こうして、網岡は過去のいっさいを捨て、米沢へ転居した。

自らを消し去り、羊歯をスケッチして生きていくような、そんな人間像を示したいと網岡は恥じらいを滲ませながら口にした。それが音楽活動に代わるものであり、かなえに拒まれた自分が、かろうじて世界に対して示せるものなのだと。

「もし――」

と、わたしは躊躇《ためら》いがちに訊ねた。

「あなたの脳が元に戻り、人との関係も元に戻るなら、そうしたいと思われますか」

いいえ、と網岡はまた首を振った。

即答だった。

ほんの一瞬、その表情に微笑《ほほえ》みが宿る。思わず、凝視してしまった。それは屈託《くったく》のない、子供のような、つられてこちらも笑ってしまうような、不思議な力を持つ微笑みなのだった。

このとき、わたしは自分でも説明しがたい行動を取った。

心のどこかで満足し、録音のためのレコーダを止めてしまったのだ。

「いま一番怖いのは――」

網岡の表情が戻った。

「何かの兼ね合いで、僕の脳が元通りになってしまうことなのです」

わたしは頷いて、レコーダをバッグにしまった。

それを横目に、「そろそろいいですか」と網岡は申し訳なさそうに切り出した。

「予定がありますので」

訊けば、月に二度、絵画教室に通っているのだという。

最後に一つだけ、わたしは質問を加えることにした。

「あなたがこれまでに犯した悪事のうち、もっとも悪いものはなんだと思いますか」

そう訊ねたのは、まったくの思いつきからだ。

網岡のステージネーム――〝ムイシュキン〟の出典となった作品に、交互に悪事を語るという遊びが登場したのを思い出したのだ。

そうですね、と網岡はこれまでで一番長く考えこんだ。

「かなえが止めるのを聞かず、オーギトミーを受けたことですか」

礼とともに、網岡の部屋をあとにした。

網岡とそれ以外の人々とのあいだに、決定的な違いがあるようには見えなかった。

脳に外科的に手を加えたその上で、彼は完全に健常であるように見える。あるいは、むしろその点こそが、人の目からすれば奇妙な、受け入れがたいことであるのかもしれない。

——副作用があるように見えないからこそオーギトミーは厭われるのではないか。

それが、わたしが網岡と話しながら感じたことだった。

3

網岡が古谷圭二殺害の容疑で逮捕されて自供に及んだとき、一部のメディアは、彼がいまだ未決囚であったにもかかわらず、第二の〝ロボトミー殺人事件〟だとして騒ぎ立てた。

ロボトミー殺人事件とは、一九七九年に起きた事件の通称である。

犯人は過去にロボトミー手術を受けた元スポーツライターで、その恨みから執刀医の自宅に押し入り、医師の母親と妻を殺害した。

動機は、手術によって人間性を奪われたこと。

網岡もまた、そのような事件を起こしたのではないか——。そんな世間の本音が見え隠れした一場面でもあった。誰も直接そうとは言わないまでも、次第に、彼は理解不能なモンスターであるかのように扱われはじめた。

オーギトミーを受けた患者は数知れず、外見上の区別ができない。人々は見えないものへの恐怖とも危惧ともつかない忌避感を抱いたが、そうかといって、オーギトミーについて詳しく調べる余裕が誰しもあるわけでもない。

その結果、

「不謹慎《ふきんしん》かもしれないが、怖いと思う」

といった無難とも言える見解が大勢《たいせい》を占めた。実際は、彼らは言うほどに怖いとは思っておらず、むしろ自分が何も発言しないことを怖れていたようにも感じられた。

〈人間性運動〉の支持者たちは、過去に施術を受けた患者全員の公表を迫った。

一方で、網岡の容疑が冤罪《えんざい》であると主張する者も少なくなかった。

事件の際、網岡は確かに上京しており、幹線列車の車内カメラで姿を確認されている。知人友人と会った痕跡もないことが、彼の疑いを強める一因となった。しかし、都内に張り巡らされているはずのカメラには、宿泊先のホテル周辺を除いて姿が写らなかった。

対する警察側の見解は、網岡は監視カメラを回避するプライバシー・アプリケーションを使ったのだというものだった。

これは監視を嫌う日本各地のユーザーが地図上に監視カメラの位置や方向をプロットし、それを元に監視をすり抜ける通行ルートを自動生成するソフトウェアである。

類似する製品はこれよりも前から存在し、カメラの設置や性能向上とのいたちごっこであるが、いまも、一定の精度が期待できるものとなっている。

だとしても、それは犯行に用いられるほどの精度や信頼性を持つのか。

そこまで上手く機能することなどありえるのか。

犯行の実現可能性が疑問視されるなか、意外な、しかし妥当とも言うべき網岡の擁護者が現れた。それはオーギトミーの賛成派でも、その逆の人権派でもなかった。

オーギトミーを牽引《けんいん》し、網岡に施術した張本人。

〝悪魔の医師〟――房総大学医学部、小宮山和志その人である。

「オーギトミーは犯罪者の矯正からダイエットまで、何にでも適用できる面を持つ」

わたしのインタビューに応じた小宮山は、感情を抑えた声でそう語った。

「しかしそれが、オーギトミーの最大の問題点でもあるのだ」

小宮山によると――前世紀のロボトミーは対象の部位があまりに広く、副作用も大きい。対して、てんかん治療などの脳外科は、目的の部位が小さく、安定した効果を上げている。

「歴史上、脳外科はピンポイント性を追求してきたと言える」

その極北が、オーギトミーなのだと小宮山は言う。

オーギトミーには極小のナイフと患者ごとの「オーダーメイド」があるため、副作用や後遺症を最小限にとどめ、ほぼ目標の部位のみを破壊することができる。

しかし、柔軟で、低侵襲で、ピンポイントであるからこそ、従来の療法より抵抗が少なく、社会的な同意が得やすい。だから濫用され、犯罪者の矯正などにも使われる。そして人々は、そのときどきの個人的な、あるいは社会的な要請から、無制限に脳をカスタマイズしかねない。

「かつてのロボトミーは、乱暴で大雑把であった」

「ええ」

「しかし、乱暴で大雑把だからこそ、守られたものがあったと言えるのだ」

——この小宮山の指摘は一つの逆説だ。

オーギトミーは低侵襲である。が、低侵襲なことこそが問題だと小宮山は言う。

オーギトミーは安全である。が、安全なことこそが問題だと小宮山は言う。

それよりも意外に思えたのは、小宮山の取った立場であった。小宮山は、積極的にオーギトミーを支持するだろうと想像していたからだ。

その疑問を口にすると、小宮山はしばらく興味もなさそうにこちらを見てから、

「わたしは複雑なんだよ」

そっと、小さな声で漏らした。

「オーギトミーの無制限の濫用にわたしは一貫して反対している。……アイスピックを振り回したウォルター・フリーマンが、犯罪者の矯正にロボトミーを使うことに反対していたようにな」

そこまで話してから、小宮山はタブレットを立ち上げて無線の設定をした。

場所は、千葉県市川《いちかわ》の貸会議室である。

網岡の件でインタビューを行いたいと打診したところ、小宮山個人としてならよいということで、病院やその周辺ではなく貸会議室が指定されたのだ。

わたしが見ている前で、小宮山はかまわずにパスワードを入力する。

まもなく英語の論文が開かれた。

「帯状回切除《cingulotomy》の類いと比べ、オーギトミーは倫理委員会の審査が緩いところがある。それでも、ほかの療法で効果がなかったことなどを委員会に証明しなければならない。この証明は難しく、少なくとも半年はかかる。いまのところ社会的な監視は働き、機能している」

「オーギトミーは最後の手段という理解でよろしいですか」

「人間が自衛をするために、暴力性はなくてはならないものだ。暴力性を切り捨ててしまえば、社会復帰を妨げることにもなりかねない。問題は、社会的に許容される暴力性と、そうでない暴力性があることだ。すると、まずはいかにして社会に許容される形で、個々人が暴力衝動を自制できるかどうかが問われてくる」

米沢で一人暮らしをする網岡のことが思い出された。

仙人にも似た生活である。あるいはそれは、暴力性を切り取られ、社会的な競争を降りたことを意味するのだろうか。

小宮山がタブレットに目を落とした。

「暴力行動に限るなら、通常は認知行動療法《CBT》や薬物療法が有効な手段となる」

また別の資料が開かれた。

ラットを使った実験について書かれたものだ。

それによると、まず、特定の音とともにラットに電流が流れるようにする。すると、やがてラットは音に対して恐怖を示すようになる。

電流が流れないようにすると、彼らは時間をかけて、音が安全だと学習し直す。しかし、前頭葉皮質の中心部を切除した場合は、電流を切ったあとも、音に対して恐怖を示しつづける。おおむね、このような内容であった。

「脳は変化する」

小宮山が低くつけ加えた。

「認知行動療法《CBT》ではこの性質を利用し、暴力を引き起こす外界の信号と、患者に湧き起こる暴力衝動の関係を断ち切っていく」

「患者はセラピーに協力するものですか」

「多くの患者は、自らの抱える症状を改善させたいと考えている」

そうでない場合は、薬物療法との組み合わせも考えられるという。たとえば、衝動的な反応を鈍らせる薬物を投与し、セラピーが機能するように働きかける。

「網岡の場合は、この薬が効かなかったために、オーギトミーの施術が認められた」

「……先生は、網岡の事件が冤罪であると主張されています」

「ああ」

「根拠はやはり、監視カメラに写っていないことでしょうか？」

小宮山はしばらく目を逸らして考えていたが、やがて頷いて口を開いた。

「オーギトミーは、確かに網岡無為の暴力の座を切り離した。そしてその一方、古谷の背には凶器が突き立てられていた。――ここまではいいか」

「ええ」

「ならばだ。暴力の座を破壊された人間が、その種の犯罪を犯せるものなのか？」

水音とともに、細い、消え入りそうな音色が風に乗って聞こえてきた。

見ると、公園のベンチの前で、中年の男が電子ヴァイオリンの練習をしていた。胴の反響なしに弦のみから発せられる音は、自宅で弾くにはうるさいが、こうした場所で演奏しても邪魔にならない程度には小さい。

池の手漕ぎボートから水が撥ねた。

秋月かなえは丘の四阿《あずまや》のベンチに坐《すわ》って待っていた。手ぶらで、普段着に近いラフな出で立ちをしている。網岡と別れてからは、パートタイムで働きながら、映画のシナリオの勉強をしているとのことだった。

しばらく当たり障《さわ》りのない質問をつづけていると、

「なんだか落ち着かないね」

とかなえが苦笑を漏らした。

「どうも、こうやって質問されることに慣れてなくて」

生来の性格なのか、あるいは網岡と別れたゆえなのか、かなえの物腰や話しかたは捌《さば》けたものであった。

「網岡さんが冤罪であるという意見が根強くありますが、どうお考えでしょう」

「当然だよ」

かなえは表情一つ変えずに応えた。

「いまのあいつに、人を殺すことなんてできない」

「信頼されているのですね」

「この目で見てきたからね」

わたしは質問を重ねようとして、思い止まった。いま話している相手は、網岡のDV被害にあった過去を持つのだ。

かなえはそんなわたしの逡巡を察すると、

「何を訊いてもいいよ」

と先回りして念を押した。

ベンチの上で、彼女の脚が組み替えられる。

少し離れた水辺に、何をするでもなく佇《たたず》む青年がいた。話の合間、かなえはその男にときおり視線を送っては、痛みと喜びがないまぜになったような表情を覗かせる。

ボーイフレンドですか、とわたしは訊ねた。

ええ、とかなえが声をこわばらせる。

「差し障りなければ――網岡さんと別れた経緯を教えていただけませんか」

「そうだね」

かなえは池のボートに視線を移し、額に手を当てた。

ヴァイオリンの演奏が、音階から別の音階へ移っていった。

「それがね、よく思い出せないんだ。嵐が過ぎたみたいな記憶ばかりがあって。ただ、はっきりしているのは――手術であいつが変わってしまったこと。そして……」

一瞬、かなえは口籠《くちご》もった。別の質問を求めるように、横目にこちらの顔を窺う。

わたしは気がつかないふりをして、彼女が話をつづけるのを待った。

「無為は」

と、かなえは網岡を下の名で呼んだ。

「術後、憑《つ》き物が落ちたみたいになって。いつも贖罪《しょくざい》ばかりを考えるようになった。でも、そうなってしまったら、もう、こちらから突き放してあげないと」

「なぜですか」

「わたしのせいで駄目になるから。無為は自分の人生を生きなきゃならない」

そう言ってから、ふっと、かなえはわたしから目を逸らした。彼女の言は、深い愛情のようにも、その場限りの釈明のようにも聞こえた。あるいは、その両方であるのかもしれない。

池のほとりの青年が、不安そうにこちらを仰ぎ見ていた。

「あとで、お二人一緒の写真を撮ってもよろしいですか」

「ええ。彼次第だけど」

「……オーギトミーには反対ですか」

「手術が状況をよくすることもあれば、悪くすることもある。これはもう、ダイスを振るようなもの。そして人生に袋小路《ふくろこうじ》がある以上、ダイスを振る機会はあっていい」

でも、とかなえが横を向いた。

「わたしたちは、気がつけばダイスを手に握らされていた」

「執刀医であった小宮山先生が、古谷殺害の件で自首したことについては？」

事件の〝真犯人〟の報道は大きく世間を賑わせた。

かつてオーギトミーの反対運動が過熱したとき、古谷は小宮山のことを「悪魔の医師」とまで書き立てた。その報復であったと、小宮山は供述したそうだ。そして、一般には公開されていなかった、捜査関係者のみが知る情報も合わせて述べられた。

網岡に容疑がかけられた際は、彼が精神科領域の患者であったことから、皆、過激な発言をしながらもぎりぎりの歯止めのようなものがあった。しかしその反動か、人々はここぞと叩きやすい小宮山を叩き、貶《おとし》め、言葉の限りに誹《そし》ったのだった。

わたしの問いに、さあ、とかなえは曖昧《あいまい》に応えた。

「真相がわからない以上は、なんとも」

「いまでも、網岡さんの脳が元に戻ることをお望みですか」

かなえの表情が曇った。

熟考したのち、彼女は待たせている青年にまた視線を送った。遅れて、青年が勇気づけるように拳を振り上げる。それを見て、かなえは無言で首を振る。その様子から、自身の答えが新たな関係に亀裂《きれつ》をもたらすことを怖れている節が感じ取れた。ならば、それ自体がすでに一つの回答でもある。……わたしは目を背けた。

「シナリオの基本形に成長譚《たん》があります」

と、ようやく口が開かれた。

「まず葛藤や軋轢《あつれき》がある。そして価値観を変えるような事件が起きる。主人公は変化し、障壁を越え、成長を遂げる。……わたしは、こうした物語にこそ暴力を感じる」

「なぜでしょう？」

「実際は、人間が変わることなんてない。ちょっとした出来事や小さな変化のたび、変わったかもしれないと希望を持つ。そして翌日には、また元通りになっている」

このときはじめて、かなえは責めるような強い視線をわたしに突き立てた。

「それでよかった。変化なんかいらなかった！　たとえ袋小路にいたのだとしても！」

4

透明なアクリル板の向こうで、旧式のエアコンが唸《うな》りを上げていた。

拘置所の面会室である。

現れた網岡は髪を短く刈りこんでおり、そこに手術の傷痕が覗いている。すでに証拠は揃《そろ》い、提出されているということだった。

「髪型は自由なのですが」網岡は心なしか明るい口調だった。「ショートのほうが何かと便利ですので」

ええ、とわたしは生返事をした。

それから面会時間を惜しみ、すぐに本題に入る。

「……以前お話を伺ってから、気になっていた点があるのです」

「と言いますと？」

「あなたは、〝脳が元へ戻る〟ことを怖れているとおっしゃいました。それにもかかわらず、オーギトミーを受けた一件を悔やんでもいた」

相手が神妙に頷く。

「わたしは、それを自責から来る二律背反であると受け取りました。ですが、そうではなかったのかもしれない。あなたは、あるいはありのままの事実を述べていたのではないですか」

網岡が小さく片眉をひそめた。

わたしはアクリル板を挟むカウンターに、用意しておいた資料を広げる。

「脳卒中のリハビリテーションに、促通反復療法というものがあります。これは脳の神経回路を強化し、麻痺《まひ》した身体機能を回復させるリハビリテーション法です」

かつては、発症から半年ほどが経つと、こうした機能の回復は難しいと見なされていた。だが、脳には可塑性がある。一部に損傷があっても、場合により、別の部位が役割を代行しはじめるのだ。このため、脳卒中によって麻痺した機能が回復することもある。

「脳には可塑性があるから、オーギトミーは患者ごとにオーダーメイドする必要がある。ですが、可塑性があるからこそ――」

「何が言いたいのです」

「……マウスを使った実験結果があります」

わたしは資料をめくった。

「孤立は暴力性を生むというものです。マウスを隔離《かくり》環境下に置くと、隔離期間が長いほど暴力的になっていく傾向が観察されます。成熟期の若い個体であるほど、その傾向は強い」

孤立はストレスとなり、脳内物質のバランスを崩し、ときには自己を肥大させる。

こうした要因が、個体の暴力性を高めるようである。

「あなたは自身の隠遁生活について、一つの人間像を示すことが目的だとおっしゃいました。しかし、実はそうではなかったのではないか。あなたは確かに、自分の脳が元へ戻ることを怖れた。そしてそれは、わたしの解釈とまったくの逆の意味を持っていたのではないか」

つまり、とわたしはつづけた。

「あなたが遠く離れて一人で暮らした目的とは、暴力のリハビリテーションであったのではないですか」

――このときわたしが想定していたのは、以下のような計画である。

まず、独自のリハビリテーションによって暴力性を取り戻し、そして古谷を殺害する。逮捕されれば自供するが、裁判でそれを翻《ひるがえ》し、自分は暴力的な行動を取れないと主張して無罪を目指す。

マウスを飼っていたのは、マウスを孤立させる実験を追試するため。

隠していた傷痕を露わにしたのも、オーギトミーを印象づけるためだ。

「馬鹿ばかしい」

網岡が冷たく微笑んだ。

「そんな一か八かのリハビリをしてまで、人を殺そうだなんて誰が思いますか」

「リハビリが殺人目的とは限りません」

「なんですって？」

「たとえば……あなたが元へ戻ることを望んだ女性がいました」

わたしは逡巡したのち、網岡に一枚の写真を見せた。公園の池の前で、新たな恋人と並んで笑うかなえの姿を写したものだ。

見る間に、網岡の表情が変わっていった。

目の前のアクリル板が、ありったけの力で殴りつけられる。すぐに人が呼ばれ、面会は強制的に中断させられた。わたしがかつて網岡に感じた不思議な力のようなものは、いつしか消え失せていた。刑務官が数人がかりで網岡を押さえつけた。網岡の口から叫びが漏れた。

まるで、反応に応じて変化する彼の音楽のように。

わたしは日を改め、ふたたび同じ拘置所を訪れた。目的は網岡ではなく、殺人幇助《ほうじょ》で起訴された小宮山である。

面会に応じた小宮山は、以前よりも険のない表情をしているように見えた。挨拶が交わされたあと、彼はこんなことを口にした。

「何も、網岡は両極端に悪魔から天使になったわけではないんだよ」

「ええ……」

「彼は暴君ではあったが、少なくとも他者への想像力は持ち合わせていた。だからこそ、わたしは施術を強く薦めたのだが――」

もっとも、と小宮山がつづけた。

「それ以上に、わたしは自らの手中で天使が生まれるさまを見てみたかった」

小宮山の発言を受け、警察官の筆記の手が止まった。

事件と関わりある発言であるかどうか、判断に苦しんでいる様子が窺えた。結局、この発言は書き留められないままとなった。

「先生は、古谷殺害がご自身の犯行であると自供されました」

「ああ」

「その理由なのですが――」

小宮山はいったん頷くと、わたしを手で遮って、

「きみ」

と見張りの刑務官に声をかけた。

「事件のことは、いまこの場で話してかまわないのか」

刑務官は困惑を顔に貼りつけながら、そのつど判断します、と小さな声で答えた。

ため息とともに、小宮山が首を鳴らした。

「……あの晩、わたしはウェブ経由で匿名《とくめい》の通話を受けた」

小宮山は仕事を終え、海外の論文に目を通している最中だった。

通話の相手は、上京したばかりの網岡。声は震え、思い詰めた気配が漂っていた。

「それまでも、たまに網岡から連絡を受けることはあった。どうしたわけか、わたしのことを信頼してくれていたようでな」

電話口で、網岡は譫言《うわごと》のように「ごめんなさい」と繰り返したそうだ。

なだめすかして事情を聞き取ってみると、彼が古谷圭二を殺したいくらい憎んでいることが伝わってきた。網岡は切々と訴えた。古谷は、先生のことも僕のことも侮辱《ぶじょく》したのだと。ついで、回線の向こう側で、大きく、何かを殴りつける音がした。

その音を聞き、小宮山は気づかされた。

網岡の暴力衝動が再発したこと。そして、自分の施術が失敗に終わったことを。

「このときだ」小宮山が目をすがめた。「頭のなかで、箍《たが》が外れる音がした」

悪魔の医師と誹られながらも、患者や医学界のためと思い、ずっと耐え忍んできた。そうして堰《せ》き止めていた感情が、一気に噴き出した。

網岡を止めるという発想は失せていた。

自分も、どのみちオーギトミーでキャリアを断たれている。

監視カメラを回避するためのアプリケーションを教えたのは小宮山だった。そのほかにも計画上の問題を指摘し、細部を詰めていくなど、小宮山は犯行の具体化に力を貸した。網岡を庇って自首した際、非公開であった情報を語ることができたのはそのためであった。

「さすがに、警察の目は誤魔化《ごまか》しきれなかったがな」

苦笑する小宮山の顔を、わたしは覗きこんだ。

真意は見通せなかった。長年の韜晦《とうかい》が、厚い角質のように顔を覆い隠していた。

「なぜ網岡を庇ったのですか」

「最初の原因を作ったのはわたしだ。網岡の犯行を止める努力もしなかった」

悔やんでいる、と小宮山は暗鬱《あんうつ》につづけた。

「網岡に申し訳ないことをした」

もう一度、小宮山の目を覗く。本心であるように思われた。

そうであればこそ、わたしとしても訊かないわけにはいかなかった。――被害者の古谷に対し、同じような申し訳ない気持ちはないのかと。

相手は迷いなく首を振った。

「わたしにとって、網岡とは生涯最高の傑作であり、新たな人類の誕生すら予感させるものだった。網岡という患者を、わたしは誇りにさえ思っていた」

小宮山の顔を覆う層の一角が、一瞬だけうねり、波打ったように感じられた。

「その網岡を、古谷は〝廃人〟だと言い放ったのだ」

水神計画

Solaris of Words

我々が三輪《みわ》式《しき》神話の残影と見ている竜婚・蛇婚の国々の話の中にも、存外に起原の近世なるものがないとは言われぬ。例えば上州《じょうしゅう》の榛名湖《はるなこ》においては、美しい奥方は強《し》いて供の者を帰して、しずしずと水の底に入って往《い》ったと伝え、美濃《みの》の夜叉《やしゃ》ヶ池《いけ》の夜叉御前《ごぜん》は、父母の泣いて留めるのも聴かず、あたら十六の花嫁姿で、独り深山の水の神にとついだといっている。

――『山の人生』柳田国男《やなぎたくにお》

1

いま、わたしの仕事場のデスクにはジャムの空き瓶に入った一杯の水がある。大きさは、ちょうど手のひらに収まるくらい。ラベルは上手でも下手でもないブルーベリーの絵で、手に取れば、ひんやりとした感触とともに、あのときの苦い記憶が甦《よみがえ》ってくる。

冬のことだった。

わたしは記者という立場を逸脱し、明らかな意図をもって彼らに加担した。なぜそのような行動に至ったのか、むろんわたしにも動機はあったのだが、いま振り返るなら、あれは書く側、見る側としての死の欲動《タナトス》が働いていたようにも思われる。記者にとっての自死とは、対象にコミットすることにほかならない。だから――生きるためにリストカットをするように、わたしは生きるために彼らに加担したのではないか。

その名残《なご》りが、この量にしてグラス一杯ほどの水である。

なぜいまも捨てずにいるのかと問われれば、自戒のためだと答えるだろう。

〈水神計画《ヴァルナ・プロジェクト》〉がもたらした一連の騒動のあと、世間はわたしを被害者として扱った。人の世が存外に寛容だという事実は、腹に沁《し》みるものであった。しかしこうして水を飾るというのは、やはり好んでそうしているのであって、いま正直に心のうちを明かすなら、当時を思い返すとき、わたしは一片の甘やかさを感じもするのだ。

それは、死というものが持つ一片の甘やかさに似ている。


例のプロジェクトを取材するにあたって、当初、わたしは消極的であった。二の足を踏んだ理由は、ひとえに、題材そのものに物足りなさを感じたことによる。

水に「ありがとう」と語りかければ、水は浄化されて綺麗になる。

けっこうなことではないか。

こうした精神世界寄りの題材は、概して、どこかに不穏さや暗い輝きを秘めるものだとわたしは考えている。ところが、当のプロジェクトや、その母体である品川《しながわ》水質研究所の関連資料を見ても、感じ取れるのは善意ばかりなのである。

あるいは、そうであったからこそ、彼らの考えは人口に膾炙《かいしゃ》し、支持を広げていったのかもしれない。

　研究所が発行した『水の心への経路』は静かなブームとなり、これという批難も絶賛もないまま、気がつけば二百万部近い実売に達していた。有名人による宣伝も、ウェブを通じた仕掛けもない。このマーケティング的な成功は何に由来するのかと、事件後に大勢が分析を試みたが、結論としては、単に内容が優れており、地道に人づてに広まったのではないかとしか皆言えず、坐りの悪さばかりが残る結果となった。

　こと静かであるということに関して、研究所の姿勢は一貫していた。

　まず、彼らは自分たちの考えは非科学的であると最初から宣言していた。マスメディアなどへの出演は拒否し、教育機関から問い合わせがあった際は、教育には使わぬようにと念入りな回答を出した。人々の欲望や射幸心に訴求するでもなく、それゆえに擬似《ぎじ》科学に否定的な者たちに発見されるでもなく、いつしか彼らの本は音もなく浸透していった。

「生への欲望や豊かさへの執着は〝火の心〟であると言えます」

　これが、『水の心への経路』の序文の一節だ。

「火は発展や向上をもたらしますが、一瞬で広がり、燃え尽きてしまう。対してわたしたちアジアの人間は清貧や知足《ちそく》といった〝水の心〟を重んじてきました。火によって傷つけられたわたしたちの環境に、水の心を広げていかなければならないのです」

すべてが静かであった。

爆発的に広まるでもなく、注目を浴びるでもなく、あたかも澄んだ水が沁み渡っていくかのように——彼らの理想は人々の心に届き、そして気がついてみれば、十万百万という単位の支持を得ていたのだった。

「かつては、わたしもあなたと同じように半信半疑でした」

これは品川水質研究所の所長である黒木祥一郎《くろきしょういちろう》の言である。

「何しろ理系の出ですからね。やはり、非科学的なものは受け入れにくい」

そう言って、黒木はそっと白衣の襟《えり》を直した。

先の啓蒙書の著者であるが、一見した印象は、上品《じょうぼん》な理系の研究者である。愛想笑いはなく、目に内省の光を湛《たた》えていた。

彼は元は工学を専門としており、いっときは、房総大学の准教授にまでなったそうだ。分野は原子力工学。生まれは九州の漁村で、路地裏のスナックに勤める母に育てられた。

貧しい家であった。

漁で生計を立てていた父親は、経済連携協定のあおりを受けて失職し、ある晩、黒木と彼の母を残して自死した。以降は、しばしば電気も止められる生活であったという。厚化粧をする母を送り出してから、漏れ入る外の街灯の明かりで物理や工学の本を読む日々がつづいた。

黒木はこうした出自を穏やかに明かしてから、

「簡単な原子爆弾くらいなら作ることができますよ」

と、いきなり剣呑《けんのん》なことを口にした。

それから黒木はわたしの顔を窺《うかが》い、こういう話が聞きたかったのでしょう、と言わんばかりに眉を上げた。

心中を見抜かれたような、居心地の悪い思いとともに、わたしは次の質問をした。

「……ところが、あなたはアカデミズムとも決別してしまった」

「ええ」

「そしていま、放射能に汚染された水を〝言葉〟によって浄化しようとしている」

黒木は小さく頷《うなず》くと、ドリップを終えたコーヒーを取りに立ち上がった。

待つあいだ、わたしは研究室を見回してみた。質素な部屋だった。目の前の応接テーブルとソファのほかは、スチール製のラックが三つ。そのうち一つは、紙の専門書で占められている。洋書が多い。小さなデスクに、作業用のコンピュータが一台。

コーヒーメーカーの横で、白い鉢に植えられた榕樹《ガジュマル》が繁っている。

「うちで浄化した水を使っています」

黒木がマグカップを差し出してきた。

「これで腹痛が治ったというスタッフもいますが、さて……」

わたしにプロジェクトの存在を教えたのは、当時のガールフレンドであった楠木《くすのき》ユトリである。「これ面白いよ」という一文とともに、URLを添えたショートメッセージが送られてきたのだ。そのリンク先が、ほかでもないプロジェクトの公式ページであった。どう応じたものか思案したのち、そんなのより飯でも食おうぜ、とメッセージを返した。

「そんなのって何よ」

現れるなり、ユトリは不服を述べた。

待ち合わせ場所は、仕事場近くの商店街だ。街はクリスマスの準備に慌ただしく、木枯《こが》らしとともに、誰かが捨てたハンバーガーの包装紙が舞い上がった。

「すごいじゃない。〝ありがとう〟って言ったら水が綺麗になるんだよ?」

「日本語でいいのか?」

「なんでそういう細かいこと言うかな」

ユトリはよく言えば好奇心旺盛《おうせい》、悪く言えば無防備なところがある。ときおり、この手の話に興味を持ってはわたしに布教してくることがあった。わたしとしては、できるなら最低限の科学的な知識を身につけてもらいたい。と同時に、こうした彼女の柔軟さを眩《まぶ》しく思うこともある。我《わ》が儘《まま》なものだとは自分でも思う。

しばらくパスタか中華かで揉《も》めたのち、ふたたびプロジェクトの話になった。

ヴァルナが意味するところは、古代のイランやインドの始源神。

ヒンドゥー教では水の神、仏教や神道で言うところの水天だ。何も水神に罪があるわけでもないが、なんとなく怪しいことに違いはない。そう指摘すると、

「水神様に失礼じゃない」

と、すぐさまユトリにたしなめられた。

「それに、〈浮島《うきしま》〉の水を浄化するって言ってるんだし」

秋ごろから問題となっている、東海《とうかい》沖洋上原発、通称〈浮島〉の汚染である。

この場所には、政府が支援する自然エネルギーファンドを母体に、大規模な洋上風力発電の施設が建造されるはずであった。しかし基礎部まで造られたところでファンドが破綻《はたん》。用地は民間の企業に買い取られ、より収益性が高いと目された原発に転用されることとなった。

海上型原発のメリットとしては、まず地震に強いことだ。

事故時には海水の注水が容易であるし、最悪、口にするのは憚《はばか》られるが、そのまま沈没させるという選択肢もある。発電所そのものを、市街地の遠くへ任意に動かせる

ことも大きい。

デメリットはというと——やがて、国中の誰もが目の当たりにする結果となった。

〈浮島〉に原発が建設されたのは、事故から遡《さかのぼ》って十六年前のこと。

洋上風力発電に用いられるはずだった施設を原発化することには賛否が分かれたが、用地を買い上げたアクチュアル《A》・ソリューション《S》・ジャパン《J》は、まるで植民地時代のイギリスのように農民と漁民が対立するように誘導し、そして陸《おか》の人間の支持を広げることで計画を進めた。結果、農民たちは海の連中は粗野で話がわからぬと憤《いきどお》り、漁民は漁民で、陸の連中は海の恵みをないがしろにしていると臍《ほぞ》を噛んだ。

「水は命あるものすべてと固くつながっています」

雑誌のインタビューでこう語ったのは、漁業協同組合が雇った三峯新《みつみねあらた》である。三峯は漁師合羽《がっぱ》を着てメディアに出演することが多かったが、彼自身は漁民ではなく、市民運動の類いを専門とするスポークスマン、いわばプロのプロ市民である。

「ドイツの流体力学者であるテオドール・シュベンクは、こう書いています。——水は根源的な生命要素であり、病んでいる者すべてにとって、大いなる癒《いや》し手である。動植物や人々の必要に応じて姿を変え、仲介者としての役目をはたし、その本質は純粋無垢《むく》であり、あらゆるものを純化して甦らせ、傷を癒し、浄化するのだと」

三峯はつづけて言う。

「水は調和の象徴であり、すべてを活かす利他の象徴でもある。わたしたちは、伝統的に漁を行い、そして水を大切にしてきた民族です。それが、洋上に原子力発電所などを造るわけにはいかないのです」

目聡《めざと》い者は同じ顔の人間が別の運動にも参加していることを指摘したりしたが、えてしてそのような真実が省みられず流されていく。

こうした漁協の活動は少なからず支持を受けたが、地元の陸の人間を翻意《ほんい》させるには至らず、結局のところ、発電所は建造された。

問題はその後に起こった。

〈浮島〉は十六年に一度、茨城《いばらき》の東海港でオーバーホールをする予定であったが、運用後になってから、自然エネルギー派の川島怜深《かわしまれみ》が県知事に選ばれた。

その川島が、東海港への〈浮島〉の受け入れを拒否すると声明を出したのだ。

知事に〈浮島〉の運用を止める権限はない。しかし、港の受け入れさえ拒否すれば、否が応でも廃炉《はいろ》に追いこめると川島は考えたようだ。ＡＳＪは他県に受け入れを求めたが、まず福島《ふくしま》が拒否し、ついで千葉《ちば》が「首都圏に原発を近づけるわけにはいかない」と回答した。

他県としては、何も茨城が受け入れを拒否した原発をわざわざ受け入れる筋合いもない。まして、万一の事故でもあったら困るという偽らざる思いがある。それに、まさか原発をメンテナンスしないわけにもいかないはずで、いずれ川島が折れるだろうとそれぞれに判断を働かせた。

国民はといえば、川島の判断に喝采《かっさい》を送る者と、無責任だと誹る者とに分かれた。いずれの立場に立つにせよ、オーバーホールをしてもらいたいことには違いなく、さりとて福島に拒否されると強く出られないものがある。人々の鬱屈《うっくつ》ばかりが溜まり、千葉ごときが首都圏を名乗るなといった言いがかりまで飛び交う始末となった。

かくして〈浮島〉はさまよえる発電所となった。

運転を止めるのが先か、港を開くのが先かの根比べがはじまったのだ。

皆が固唾《かたず》を呑んで成り行きを見守るなか、間の悪いことに大型台風が列島を直撃した。炉心溶融《ろしんようゆう》が起き、核燃料は〈浮島〉の底を下へ掘り進み、あわや海へと溶け出る七十センチ手前のところで停止した。

事故の原因は、台風の被害と人の手によるミス《ヒユーマンエラー》が重なったことであったが、少なくとも港を開けてさえいれば防げた事故には違いなかった。英雄になりそこねた川島は「だから言ったじゃないですか」とウェブ上で憤懣《ふんまん》を晴らし、「おまえのせいだ」と国中から罵《ののし》られた。

設備の破損によって島底部より海水が浸潤し、汚染水の問題が持ち上がった。

〈浮島〉は文字通り浮力によって水上にとどまっているため、重量のあるタンクを大量に設置することができない。逐次《ちくじ》運び出すにしても港から遠く、汚染があるので島を移動して陸に近づけることもできない。結局、巨大な風船状の袋に水を溜め、リレー式に本土へ輸送することになったが、それでも追いつかない上に、風船は気まぐれな魚群の攻撃などによって立てつづけに破れ、多量の放射性物質が海へ流出した。

2

「汚染水を浄化するにあたって、黒木先生が導入したのは〝ミーム〟の概念です」

事件後、山陰《さんいん》大学の物理科で講師を務める長谷山恭《はせやまきょう》はそう語った。

長谷山は応用物理を専門とするほか、擬似科学や偽《にせ》科学の類いに詳しく、メディアの出演等も多くこなしている。メールで取材を打診したところ、最初は多忙を理由に取材を断られたが、かつてわたしがあのプロジェクトに関わった事実を知ると、

「であれば、お知りになりたいのは当然のことです」

との返答があり、音声通話で話をする程度なら、ということになった。

「……ミームは動物行動学者のドーキンスが考察した言葉で、心から心へと伝達される情報の基本単位です。たとえば文化的な習慣や、あるいは流行の歌といったもの

が、ミームとして伝わっていくわけです。そして、ミームは遺伝子と同じように自然淘汰《とうた》されていく」

「それ自体は、まともな学問なのでしょうか？」

「一つの考えかたとして認められています」

長谷山の口調は抑制がきいたもので、大学での講義の様子を窺わせた。

彼の講義は人気があり、いつも定員を超えるということだから、少し得をしたような気にもなる。

「さて、黒木先生の主張は、水が波動によって性質を変えるというものでした」

「波動を介して〝ありがとう〟といった言葉が伝わるのだと？」

「注意していただきたいのは、ここで言う波動とは、物理学における波動とは異なる、ある種のテレパシーのようなものだということです」

言語、ひいては〝波動〟によって水の振る舞いが変わるという考えかたは、必ずしも黒木固有のものではない。むしろ長い歴史があり、同じような啓蒙書の類いは、これまでも幾度かブームになってきた。

「……そして黒木先生は考えました。水は、言葉を解する。そうであれば、習慣や概念が人から人へ伝わるように、水から水へ伝わるミーム、が存在するはずであると」

ここで不意に、長谷山は言葉を止めた。

それから、仮定の話です、と穏やかに念を押した。

「昔のSF小説に、アイス・ナインという架空の物質が出てきます。これは常温で固体となる水の結晶で、水が凍るときと同じように、周囲の水を自分と同じ結晶体に変えてしまう。だから、海にひと欠片《かけら》でも落とせば、全世界が凍りつくことになる」

長谷山が咳払いをした。

「太平洋に一滴垂らせば、自動的に全世界の水を浄化する――原理的には、そのような水を〝言葉〟によって作ることができるはずだと黒木先生は考えた」

「原理的には、とおっしゃいますと？」

「コップの水に声をかければ、水は浄化され、凍らせれば綺麗な結晶をなす。もしそうならば、少なくともそのコップのなかで、水は分子から分子へ情報を伝えていることになります」

「ええ」

「であれば、そのコップの水を太平洋に流したあと、大西洋の水を凍らせれば綺麗な結晶になるはずです。しかし、現実はそうならない。なぜか――」

いまも世界中で、水を前に会話がなされている。

人体そのものからして、六割ほどが水である。すると、水は一見すると静謐《せいひつ》な存在でありながら、英語やヒンディー語、中国語、スペイン語といった無数の言語による

〝言葉〟を蓄えているはずだと黒木は考えた。いわば、水という物質の内側に、言語の坩堝《るつぼ》とも言うべき高エネルギー状態があり、無数の言葉同士が打ち消し合い、拮抗《きっこう》した状態を作っているのだと。

そして、ドミノが倒れるように、拮抗が破れることがある。

そのキーとなるのが、たとえば〝ありがとう〟といった発話であるのだと。

「……それでは、世界中のドミノを倒すに至らないのは？」

「たとえば、わたしたちは〝イエス〟を意思表示する際に、首を縦に振ります。しかし、ブルガリア人は横に振ることで知られています。首を振るといった当たり前に思える習慣も、文化が違えば変わることもある。ミームの伝達には、おのずと限界があるということです」

それでも、と長谷山は言う。

「首を縦に振るという習慣は、充分に強い。これと同程度の〝言葉〟を見つけ出せば、全世界とは言わないまでも、〈浮島〉の水くらいは綺麗にできると黒木先生はお考えになったわけです」

こうして、黒木はコップ一杯の水を作り上げた。黒木はこの一杯の水を〈種子〉と名づけ、事故処理に活用すれば海洋汚染を食い止められると主張し、協力を募った。〈ヴァルナ・プロジェクト〉である。

反応は冷笑から喝采までさまざまであったが、見方によっては、どのみち〈浮島〉の汚染以上の害があるわけでもない。万一にも水が浄化できるなら儲《もう》けものだし、汚染を止めるという黒木の目的自体は間違っていない。

やらせるだけやらせてみろという声も上がった。

しかし先方としても、ただでさえ世界から批難を浴びているなか、そのような胡乱《うろん》な代物《しろもの》を原子炉に放りこむわけにもいかない。環境保護団体の〈グリーン・ソラリス〉に至っては、〈浮島〉へのテロ予告まで出していた。誰も黒木の研究などにかかずらってはいられず、たちまちプロジェクトは膠着《こうちゃく》状態に陥った。

「学者という人種は、ときにおかしくなることがあります」

長谷山の口調からは、そこはかとない黒木への同情が感じられた。

「研究とは、必ずしも華々しいものではありません。雑事に追われながら、成果の見えない地道な実験が延々とつづくこともある。そんななか、わたしたちの目は、あるはずのないものを見てしまったりもする。こういうことは、何も黒木先生に限った話ではないのですよ」

約束の時間が過ぎた。

礼を言って通話を切ろうとすると、思わぬことに、

「わたしからも質問してよいでしょうか」

と長谷山のほうがわたしを引き留めた。

「お話しして思ったのですが、あなたは――失礼――最低限の科学的なリテラシーをお持ちであるように感じられます。それなのに、なぜあのような計画に……」

なるべくなら、触れずに済ませたい箇所である。自分で、自分の顔が紅潮していくのがわかった。

「それはですね――」


研究所の冷蔵室は想像していたよりずっと狭苦しかった。

畳一畳ほどだろうか、たったそれだけの空間に、実験用のシャーレを収めた冷凍庫や、顕微鏡や電子天秤《てんびん》の置かれた小さなデスクが収められている。結晶を撮影するための機材は、冷気で故障するのを防ぐため、そのつど外から運びこむのだという。

「これで水の結晶を撮影しています」

わたしを案内した品川水質研究所の時坂《ときさか》くないが、機材の一つを指さした。

「このような部屋ですので、作業をできる時間は限られていますが……」

彼女が研究所に入所したのは二年前。

黒木を口説き、所長として呼び寄せたのも彼女だという。本人が言うには、趣味らしい趣味もなく、もっぱら水の研究に打ちこんでいる。休日に外出することも稀《まれ》で、もっぱら、ペットとして飼っている鰐《わに》のアーナンダと戯《たわむ》れているそうだ。

鰐ですか、と思わず訊《たず》ねると、鰐です、と彼女はにこりともせずに答えた。

「撮影はデリケートな作業で、その日の体調に左右されることもあります」

ここで撮影されるのは、水の氷結写真である。

水に転写した〝波動〟がどのような変化を水にもたらしたのか、それを可視化するのが目的だそうだ。研究をはじめた当初は優れた結晶が得られず、温度や冷却時間、水を入れるシャーレの素材や容量までが検討されたという。

結晶は時間とともに溶けていくので、冷凍庫から水を凍らせたシャーレを取り出し、すぐに顕微鏡下で撮影をする。ライトの角度一つでも、結果は変わってくる。

しかしこうした外部の条件より、もっと重要なものがあるのだと彼女は言う。

「水はわたしたちの心を映し出します」

「心――ですか？」

「わたしたちの成果について、再現実験ができないという批判があります。ですが、信じない人間が実験をして、いい結果が得られるはずなどないのです」

「心が、実験結果を左右するのだと？」

「実際に撮影をしてみてください」

促されるままに、わたしは椅子についた。

手順はくないが教えてくれるのだが、想像していた以上に難しい。まず、シャーレの上の結晶そのものがなかなか見つからない。あったと思っても、ライトの熱でみるみる溶けてしまう。瞬く間に、三つ、四つとシャーレを駄目にしてしまった。

「結晶は生き物です」

恐縮するわたしの両肩に、くないがそっと背後から手を添えた。

「落ち着いて——水を、信じてあげてください」

寒い冷蔵室内で、彼女の体温が伝わってくる。そのせいか、多少、気持ちが楽になってきた。駄目にしたといっても、中身はただの水なのである。うまく撮影できるまで、繰り返せばいいだけではないか。

気持ちが楽になったところで、目に入る景色も違って見えてきた。

だんだんと、自然な心で目の前の氷を見ることができるようになってきたのだ。

氷がライトを反射する様子は、結晶があろうとなかろうと、美しいと言えるものだった。この物質が地球上を循環し、そして自分たちの身体も構成している——そのことが、次第に一つの実感として感じられはじめた。

撮影は一時間ほどつづけられた。

骨の髄《ずい》まで冷え切ったころ、やっと一枚の写真が撮れた。

透明な紅葉《もみじ》の葉が六つ集まったような、可愛らしい結晶だった。まるで、こちらの心の変化を水が感じ取り、小さな祝福を送って寄こしたようでもある。こちらの心が変わると、水の側も姿を変える。それはごく自然な、当たり前の事実であるように思われた。

「それでいいのです」

背後でくないが口を開いた。

振り向くと、穏やかな笑顔がそこにあった。寒い冷蔵室のなかにいたせいもあるだろうか、ふと、まるで自分が受容されたかのような錯覚に陥った。

疑う気持ちがなかったわけではない。

しかし信じるという行為は、それ自体が、本能に根ざした快いものでもあるのだ。

「わたしたちを助けてはくださいませんか」

くないが本題を切り出したのはこのときだった。

「いま、世界の水が危機に瀕しています。あなたなら、それを救えるかもしれない」

3

くないの要求はその場では断ったものの、彼女は以降も頻繁にわたしに連絡を寄こし、会ってもう一度話したい旨《むね》を伝えてきた。連絡が重なれば情も芽生《めば》えるもので、わたしとしても記事になりそうだという下心がある。そのうちに、退勤後の彼女と渋《しぶ》谷《や》のバーで会うこととなったのだが、意外にも〈種子〉の話は出ず、もっぱら仕事上の愚痴《ぐち》ばかりを聞かされた。

帰り際、彼女はわたしの手を引いて、鰐のアーナンダを見に来ないかと言い、わたしは仕事がまだ残っているからと嘘を言って帰った。

こんな経緯があったものだから、わたしは取材過程をユトリに話しづらくなった。

結局、うしろめたさを抱えながらも研究所を訪れる機会が増えた。

黒木やくないはわたしを歓迎した。また水を撮影しないかと持ちかけられたが、何か不純さのようなものを水に見抜かれそうな気がして断った。

〈浮島〉の取材許可はなかなか下りず、やきもきする日々がつづいた。いざあとに引けなくなってくると、このまま許可が下りなければいいとも思えてきた。こうしたわたしの迷いを察知したのか、ある日、黒木がわたしを自宅に招きたいと言い出した。

黒木は大久保《おおくぼ》のアパートで妻と二人で暮らしていた。

夫人のあかりは身重で、高齢であるため心配していたが、なんとか安定期に入ったということである。部屋は仮住まいで、子供が生まれればもう少し広い場所へ移り住みたい。ところが、なかなかいい物件が見つからず難儀しているのだという。

「そうと知っていればご遠慮しましたのに」

わたしは恐縮したが、あかりはうわの空で、頓珍漢《とんちんかん》な返事を寄こしてきた。

「たいしたものがご用意できず……」

それから立てつづけに夫に向けて、くないは来ないのでしょうねと詰め寄る。その口調からは、研究所そのものへの不信感が感じられた。あまり歓迎されている様子でないのは、出産を控えているからばかりではなさそうだった。

食事中、黒木が席を立ったところで彼女に事情を訊ねてみた。

研究所から誘いを受けたころから、黒木がおかしくなってきたのだという。

「あの女が現れてから、大学も辞めてしまって――」

詳しい事情を訊ねたかったが、そこで黒木が戻ってきた。

酒に酔った黒木はわたしを心強い同志と呼び、これでプロジェクトも上手くいくはずだと繰り返した。あかりはと言えば、作り笑いを顔に貼りつかせ、そうですね、ありがとうございます、と話を合わせるばかりで、どうにも居心地が悪い。

ユトリからメールが入った。

風邪で臥《ふ》せっているとのことであった。夜の十時を回っていたこともあり、わたしは退散する旨を夫妻に告げたが、黒木はまだ時間があるからとわたしを引き留める。終電が近づくと、今度は泊まっていけと言い出した。人恋しく、妻と二人きりになりたくない様子が窺えた。あかりに助け船を求めたが、彼女はそうですねとしか言わない。押し問答のうちに電車がなくなり、ユトリへの返信は出せずじまいとなった。

翌朝、メールが一通入った。

アクチュアル《A》・ソリューション《S》・ジャパン《J》から〈浮島〉の管理を引き継いだ、関東総合電力からの取材許可だった。

取材へはくないが同行することとなり、途中で、現場近くの清田《きよた》神社を参拝することにした。この神社には竜宮伝説が残っていることから、古くより漁師たちの崇敬を集め、また田の神と海の神の両方が祀《まつ》られているため、洋上原発の事故後は農民と漁民の交流の場として選ばれている。

平日の昼ということもあってか、拝殿の前には誰もいない。

わたしたちは二人並んで柏手《かしわで》を打った。何を祈ったのですかと訊ねたところ、

「プロジェクトの成功を」

と、素《そ》っ気《け》ない答えが返ってきた。

振り向くと曇天《どんてん》の下の海が見えた。神社は高台にあり、市街地の向こうには冬の暗い水平線がカーブを描いている。そのどこかに〈浮島〉もあるはずだった。

〈浮島〉への移動手段は先方が用意するヘリコプターで、チャーターの代金はすでに

研究所から支払われている。同行者は認められず、取材中、くないは街で待機することになっていた。

持ち物として認められたのは、ペンとノート、レコーダ、そしてカメラ一台のみ。三脚の持ちこみは禁止。ウェアラブルの機器が持ちこまれないよう、眼鏡や腕時計の類いも不許可ということだった。違反があった際は、その場で取材が打ち切られる。

防護服や線量計、そしてマスクは関東総合電力から貸し出された。靴は放射性物質が付着するかもしれないので、予備の靴を持参することとの旨であった。

となれば、どのようにして〈種子〉を持ちこむかだ。

黒木やくないとのあいだで話し合いがなされ、いっときは胃袋に入れていくという案まで出たが、どのみち〈種子〉はコップ一杯ほどの水にすぎない。そこまで大仰な手段を取ることもないので、吸水性の高いマフラーにあらかじめ沁みこませて持ちこもうと話がまとまった。

参拝を終えて指定のヘリポートに向かうと、すでに一機のヘリが待機していた。その場で所持品のチェックを受け、防護服を着せられた。アラームつきの古い個人線量計は、プラスチックが黄色く変色していた。

「健闘を」

低い声とともに、くないが握手を求めてきた。まもなくヘリが飛び立った。上空からヘリポートを見下ろしてみたが、彼女の姿はすでになかった。

機体が風を受け、わずかに傾いだ。

4

海猫の啼く声がした。

冬の潮風に、濡れたマフラーが冷たく首にまとわりつく。降り立ったばかりの〈浮島〉に、人の気配は感じられなかった。大規模な洋上風力発電の施設になるはずだった島はひたすらにだだっ広く、まるでコンクリートの平野だ。それでいて、沖の波間の小舟に乗ったような心許なさもある。

寒かった。

マスク越しに、潮の香りがする。歩くごとに、靴のカバーが新雪を踏むように足下でさくさくと音を立てた。コンクリートの継ぎ目には藻《も》が生え、ところどころ、富士壺《ふじつぼ》が貼りついている。遠くから、誰かが何かを大声で指示する声が聞こえた。作業員が一人、雨合羽のような防護服を着てプレハブの棟から棟へ走っていった。

西側の海に、汚染水を満たした無数の黒い風船が頭を覗かせている。痘痕面《あばたづら》となった海は、どこまでも広がる巨大な青い蓮《はす》のようだ。

泥水に生じる蓮の花は、仏教では仏の智慧《ちえ》や慈悲を表す。泥水が濃いほどに、蓮は大輪の花を咲かせるという。現実は、泥水に生じたさらなる泥水が、青黒い花を洋上に咲かせている。

貸し出されたゴーグルのスイッチを入れた。

ビープ音とともに、目の前のコンクリートの平野が薄緑色に変わった。

ゴーグルは拡張現実《AR》によって、あらかじめマッピングされた線量を眼前に映し出す。いまいるあたりは、波風で洗われるためか線量が低い。まるで雨が降ったあと、いっとき草に覆われた砂漠のようだ。その草原を、ゆったりとこちらへ走ってくる一台の車があった。

原子炉建屋からの迎えだ。

車が停まり、ヘルメットをかぶった関電の職員が「どうぞ」と後部座席のドアを開けた。シートは汚れ、足下に海藻の欠片が落ちていた。走り出す車のなか、風を避けられるのがありがたく感じられた。

「拡張現実《AR》の線量は、あくまで目安と考えてください」

職員がハンドルを操りながら説明した。

「情報の更新が遅いですし、どこにホットスポットがあるかわからないので」

東海沖洋上原発事故の原因の一つは、周知の通り、ヒューマンエラーである。東海港でオーバーホールするものだとばかり思っていた作業員の一人が手順を勘違いし、管理システムを開発用のテストモードに切り替えてしまったのだ。そして、そのテストモードにソフトウェアのバグが混入していた。

正確には、古い仕様が残っていた。

建設にあたり、規制委員会からの要請でソフトの設計変更がなされたのであったが、開発用のテストモードは誰も使わない前提で、こうした変更が反映されていなかったそうだ。結果、冷却周りの計器類が誤作動を起こした。それでも本来なら、すぐに作業員が間違いに気づき、通常のモードに戻されるはずであった。

台風が直撃した。

いっとき、送電線のトラブルで停電が起きた。電源はすぐに予備のものに切り替えられたが、電源復旧後に計器をチェックした別の作業員が、計器が冷却水過多を示していることに気がついた。作業員はまさかテストモードによる誤表示だとは夢にも思わず、台風ないしは停電によって事故が起きていると判断し、手動で冷却水の供給を止めてしまった。

これにより炉心の上部二分の一が剝《む》き出しとなり、崩壊熱によって燃料棒が破損した。建屋には炉心溶融に起因する水素が充満して爆発し、予備電源を含む多大な設備が破損するとともに、島の底部から海水が浸潤《しんじゅん》し、汚染水の問題を引き起こした。

かくして、レベル7の原子力事故が発生した。

その建屋底部のトーラス室が、マフラーを投入するポイントである。

計画では海水によって水没したトーラス室に、案内の目を盗んでわたしがマフラーを投入する。そしてマフラーの〈種子〉は泥水の蓮の花と変わり、周囲の水を浄化させる——はずであった。

原子炉建屋に案内される前、わたしはプレハブの会議室で待機させられた。追って別の職員がやってきて、改めて注意事項を伝えられる手筈《てはず》であった。誰もいなくなったところで、わたしはいったんマフラーを外し、傍らの長机に置いてトイレに立った。その間、部屋にはマフラーのみが残された。

そのときだった。

マフラーに沁みこませてあった液体爆弾が爆発し、轟音とともに机が飛び、ひしゃげ、会議室の窓はすべて内側から割れた。

警備がいっせいに押し寄せ、トイレから出たところを取り押さえられた。わたしは防護服の上から手足をテープで留められ、別の空き部屋に拘束された。あちこちから足音が響き渡り、罵声《ばせい》や怒号、指示の声などが聞こえてきた。

あとで知ったところによると、このとき使われた爆弾は、今世紀の初頭にアル＝カーイダが開発したものを真似たそうだ。本来の使い方は衣服を溶液に浸し、乾かしたのちに飛行機などに搭乗する。目的は、自爆テロだ。わたしは人間爆弾にされたのであった。

いくつものヘリが飛び交う音がした。

海上保安庁が来たのだろうとわたしは思った。そうではなかった。このときのわたしには知る由《よし》もなかったが、ヘリに乗ってきたのは、混乱に乗じて島を占拠しにきた、くないをはじめとする〈グリーン・ソラリス〉のメンバーなのだった。

わたしを見張っていた警備員もどこかへ消えていた。防護服のなかで身を捩《よじ》ったが、テープはしっかりと留められ、びくともしない。どこからか銃声がした。

徐々に、騙《だま》された事実が腹に落ちてきた。くないは、確かにプロジェクトの成功を祈っていた。ただしそれは、〈ヴァルナ・プロジェクト〉とは別の計画だった。

やがて音がしなくなった。

わたしは空き部屋に拘束されたまますっかり忘れ去られた。夜が来た。いつの間にかマスクとゴーグルは外れていた。だんだんと、被曝の恐怖が這《は》い上がってきた。叫んだが助けは来なかった。次第に、喉の渇きで線量云々《うんぬん》どころではなくなった。

わたしは手足を拘束されたまま、体当たりでドアを壊し、部屋から這い出した。

廊下の配管から水が漏れ出ていた。反射的に、舌を出し舐め取ろうとする。線量計がアラームを鳴らし、我に返った。皮肉だった。わたしは〈浮島〉で八方を水に囲まれ、そして渇きに喘《あえ》いでいたのだ。俯くと、配管から漏れ出た滴が小さな水たまりを作っていた。

渇きは人を狂わせる。

このとき、わたしが何を考えたかわかるだろうか。わたしは、水たまりを浄化しようと考えたのだ。そして必死の思いで、〝ありがとう〟と水に語りかけた。声にならない声で、百回、二百回とわたしは〝ありがとう〟を繰り返した。線量計は鳴り止まなかった。どれだけ繰り返せば水は綺麗になるだろうかと考えた。何度やっても足りないように思われた。ほかの道など思いつきもしなかった。

疲れ果てて窓を見上げた。空は曇り、月や星は見えなかった。

わたしの祈りは、思いもかけない形で叶った。雪が降りはじめ、清冽《せいれつ》な白い新雪が、窓枠に積もりはじめていたのだ。わたしは這い上がり、雪を舐めた。

結晶が目に入った。

透明な紅葉《もみじ》の葉が六つ集まったような、可愛らしい結晶だった。まるで、この惑星を覆う水の分子という分子がこちらの心を感じ取り、小さな祝福を送って寄こしたようだった。それは紛れもなく、泥濘《でいねい》に咲いた一輪の蓮の花だった。

心が変わると、水の側も姿を変える。

それはごく自然な、当たり前の事実であるように思われた。

——事件後、わたしがさほどの罪に問われなかったのは、いくつかの偶然が重なった結果である。一つは、わたし自身の手による破壊が、窓や机のみであったこと。もう一つは、取材の過程ですべてのログを取っていたため、騙されていた事実が証明できたこと。

そして、〈グリーン・ソラリス〉の企みが結局は失敗したからだ。

雪が強く降ったことでヘリが飛ばず、組織から送られてくるはずだった増援が来なかった。かわりに海上保安庁が〈浮島〉に到着し、かくして〈グリーン・ソラリス〉のエコテロリズムは一夜にして終結したのだった。

5

釈放後、わたしは各方面からの取材やインタビューによって忙殺《ぼうさつ》された。

穴があったら入りたいというのが本音であったが、まさかそう言って通るはずもない。それに、世が世なら大罪人になっていたはずが、世間はわたしを被害者として扱った。人の世が存外に寛容だという事実は、腹に沁みるものであった。

くないの裁判は開始されたばかりだったが、テロの主犯とあり重刑は免《まぬが》れえない。

その後に明らかになった事実によると――くないは元は企業の主任研究員であった。社内結婚を経て退職したのち、不妊を理由に離婚され、やがて自分は水神に嫁ぐのだと言い出し、〈グリーン・ソラリス〉に参加した。水の研究をはじめたのは、純粋なエコロジストとしての興味からであった。しかし、〈浮島〉の事故を受け、徐々に心境が変わってきたのだという。

品川水質研究所は閉鎖された。

メディアは理系女子の末路としてくないの半生を報じ、当の理系女子たちから抗議を受けてからは〝史上最大のエコテロリスト〟といった文言《もんごん》に変えられたが、いま一つぱっとしないまま、芸能人の覚醒剤所持といったニュースの裏で忘れ去られた。

わたしはといえば、ユトリには振られ、思わぬ注目は浴びたものの仕事の大半を失い、食うにも困る日々がしばらくつづいた。

ある日、やけになって百円均一の缶詰の画像を夕食としてウェブに公開したところ、九州の生家へ戻っていた黒木から冷凍の飛び魚が三尾送られてきた。

黒木の家は鹿児島《かごしま》の漁村の外れ、駅からバスで一時間ほど揺られた先にあった。古い一軒家で、玄関の前には、低い塀に囲われた生け簀らしき空間が作られている。チャイムを鳴らし、しばらくすると妻の黒木あかりがわたしを出迎えた。

両腕に、生後半年の赤ん坊を抱えている。

ようやく首が据わったところだとあかりは朗らかに笑った。

あの生け簀はなんですかと訊ねると、くないが飼っていた鰐のアーナンダを引き取ったのだという。アーナンダはテロの前、くないによって熱川《あたがわ》のバナナワニ園に引き取らせようとされたがあえなく断られ、事件後にマンションの一室で餓《う》え弱っているところを黒木祥一郎によって助け出された。以来、夫妻に懐《なつ》いてしまい、手放すのも忍びなく、村までつれてくることとなったそうだ。

「懐きますか」

「ええ、よく懐いています」

あかりはわたしを家に上げ、主人はまだ漁から帰っていないと告げた。それから、奥の部屋に一度引っ込み、水の入ったジャムの瓶を取ってきた。

「主人から、あなたにということでした」

「これは?」

「本物の〈種子〉です。捨ててしまえとわたしは言ったのですが」

あかりは赤ん坊をわたしの前に差し出し、抱いてみますかと訊いてきた。受け取ると、案の定というべきか泣き出してしまった。

男の子で、名は海輝《かいき》だそうだ。

黒木が研究所へ勤め出してから夫婦仲が悪くなり、いっときは離縁も考えたというが、〈浮島〉のテロ事件と研究所の閉鎖を経て、結局は九州にまでついてきた。

なんでも、くないとの不義を疑っていたのだという。

ところが不幸中の幸いとでも言うべきか、くないが警察の調べに対し「あの朴念仁《ぼくねんじん》はちっとも誘いに乗らなかった」と供述したことで、疑いが晴れた。

「いまはすっかり円満ですよ」

あかりがまた笑う。

なんとなく居心地が悪くなり、わたしは襟元を軽く弄《いじ》ってから、この機に、ずっと気になっていたことを質問してみることにした。

まず、なぜ黒木は准教授を辞してまで水の研究をはじめたのか。

「ええ……」あかりが口籠もった。

それから彼女はわたしに預けた海輝をふたたび抱き寄せ、わたしのせいなのです、と小さくつぶやいた。

「この子を授かる前、二度、流産しまして」

「それは……」

「わたしは四十を過ぎ、主人は焦りはじめていました。大学の研究も行き詰まっていたようです。そこに、あの女が近づいてきた」

最初は黒木も懐疑的であったが、わたしと同じく水の撮影を通じて興味を抱いた。

「あの女はこう言ったそうです。これで、あなたの奥さんの羊水《ようすい》も綺麗になると」

くないの提案が、善意であったのか悪意であったのかは定かでない。加齢によって羊水が濁るという事実はないが、彼女が本当にそう信じていた可能性はある。確かであるのは、この一言を境目に、黒木は水に取り憑《つ》かれ出したということだ。

わたしは返答に詰まり、海輝くんが元気でよかったです、と当たり障りないことをもごもごと口にした。

このとき黒木が漁から帰ってきた。

「おお、いらっしゃい！」

わたしの姿を見て、嬉しそうに声を張り上げる。

よく日焼けし、研究所で会ったときとは随分と印象が異なる。黒木は荷物を土間に下ろすと、いい赤魚が釣れたので一緒に食べようと言った。

「バスの時間がありますので……」

わたしは遠慮したのだが、それなら車で駅まで送ると黒木は言う。それで赤魚を馳走になったのだが、電車が危うくなってくると、今度は泊まっていけと言い出した。

布団を敷いたところで、わたしはふと〈種子〉のことを思い出した。

「あの水には、どのような〝言葉〟を籠めたのでしょう？」

黒木が両の眉を持ち上げた。

それから、隣の部屋で眠る子供のほうに目を向ける。

「あのプロジェクトを立ち上げるにあたり、考えたことがありました。太平洋に一滴垂らすだけで、自動的に全世界の水を浄化する――そのようなありうべき〝言葉〟とはいかなるものかと」

「ええ」

「当時、あかりの腹には海輝がいた。その腹をさすっているときに、ふと、口を衝《つ》いて出た言葉があったのです。生まれてくる生命に対して、自然と、心から湧き出た一言でもありました。結局、それ以上の〝言葉〟は、わたしには考えられなかった」

一瞬、黒木は面映《おもは》ゆそうな顔を覗かせてから、その先をつづけた。

「もちろん――〝ありがとう〟ですよ」

薄ければ薄いほど

Get Ready for the Remedy

ホスピスは生命を肯定する。ホスピスは、できる限り十分に、満足に生きることができるように、治癒《ちゆ》の見込みのない人生の終末期にある人々への支援やケアを提供する。ホスピスは、病気の結果としてではなく、正常な過程として死にゆくことを認知している。ホスピスは死を早めることも遅らせることもしない。適切なケアと彼らのニーズに敏感で思いやりのあるコミュニティのケアの促進を通して、患者と家族が、彼らにとって満足のいくような死に対する、ある程度の精神的、スピリチュアルな準備を達成することができるかもしれないと信じて、ホスピスは存在する。

――「Standards of a Hospice Program of Care」全米ホスピス協会、田村恵子《たむらけいこ》訳

1

死への準備の妨げになるという理由から、あらゆる記録行為——録音や写真撮影はおろか、日記をつけることさえ禁忌《きんき》としてきた白樺荘《しらかばそう》の内実をわたしが公表するに至ったのは、最後の一人であった中村南波《なかむらみなみ》が八十九歳でこの世を去り、これをもって、始祖の野呂羽場人《のろはばと》をはじめ、団体の関係者全員が故人となったからである。

いっさい記録をつけず、世に痕跡を残すまいとした点で彼らは徹底していた。

野呂は法人を維持することすら理念に反するとして、彼らが〈死を待つ家〉と称した北海道旭川《ほっかいどうあさひかわ》郊外の白樺荘も、団体消滅後は赤十字社へ寄附され、更地となった。

この白樺荘であるが、末期癌《がん》などの患者が死を待つ施設であったことから、彼らの終末医療《ターミナル・ケア》の場であったと紹介されることが多い。しかし通常、終末医療において延命治療は行われないのに対し、彼らは〈量子結晶水〉なる妙薬を入居者に用いていた。とはいえ、この水は成分の上では生理食塩水と変わらず、それもそのはずで、彼らによれば薬は薄ければ薄いほど効果があるらしく、生薬を十の六十乗倍以上に希釈したというこの水には、計算上、元の薬剤は一分子も含まれない。

いわゆるプラセボ効果を除くなら、この水に延命効果は期待できないことになる。したがって野呂たちの行為は、広い意味では医療拒否ないし自殺幇助《ほうじょ》であり、同様に、見ようによっては正しく終末医療であったとも言えるが、わたしはこの是非を問う立場にない。ただ附記できることがあるとするなら、入居者たちが皆、白樺荘においてて死を待つまさにそのときこそが、人生最良の時間であったと口を揃《そろ》えたことだ。

彼らの小世界はこの家とともにはじまり、そしてこの家とともに終わった。

すべてが終わってからわたしが白樺荘の跡地をふたたび訪れたとき、更地にはいつの間にか車前草《おおばこ》や蒲公英《たんぽぽ》といった雑草が生い茂り、かつての〈死を待つ家〉の気配は感じられなかった。こうして、あらゆる意味において「薄さ」を好んだ集団は、夜道を漂う一筋の夕餉《ゆうげ》の香りのように風とともに薄まり、消え去ったのだった。

いま白樺荘と言えば、やはりあの事件が想起されるのだが、最初に団体の名が広く知られるようになった契機は、ポルノ女優であった結城《ゆうき》かずはの入居である。かずははハードプレイを売りにいっとき日本や中国を中心に人気を博し、三年ほどの活動を経たのち、買い物の帰りに自転車で転倒したり、疲れて立っていられなくなったりすることが増えた。

検査の結果、筋萎縮性側索硬化症《ALS》であるとの診断がなされた。

ALSは特定疾患《しっかん》に認定された難病であり、運動ニューロンの変性によって急速に筋力が低下し、患者の半数は、五年ほどで自発呼吸ができなくなる。人工呼吸器などを使って長期に生存する例も見られるが、かずはには身寄りもなかった。かつては姉がいたが、かずはが高校を出たころに自死したという。

蓄えにも限界があり、将来的なヘルパーや訪問看護の費用は到底支払える額ではない。それならば、いっそ静かに死を待ちたいと彼女は判断した。

白樺荘を勧めたのは、かずはと親交のあったお笑い芸人であった。

彼女がそれまで宗教の類いに傾倒した形跡はなく、ウェブアーカイブに残された日々の記録によると、一晩に百万という金を手本引きといった博奕《ばくち》に注《つ》ぎこんだり、あるいはハーブを用いて複数人で乱交をしたりと、むしろ享楽的、刹那《せつな》的な側面が垣間見えてくる。

白樺荘への入居後は、団体の決まりによってログが途絶えたが、いずれにせよ、難病を発症したことで心境に変化が生じただろうことは疑いない。

白樺荘の内実を謎たらしめたのが、この記録行為の禁止である。

野呂がどのような霊感にもとづいてこの決めごとを作ったものか、この点は、彼の言を信じるよりないのだが、それによると、己れの軌跡を残さず、自己存在を限りなく薄くした先に、来《きた》るべき死への準備、ひいては克己《こっき》や悟道があるのだという。

しかし写真一つ撮れないわけだから、おのずと広報活動などにも限界がある。

それでも、何もかもが記録される社会に皆少なからず倦《う》んでいたこともあってか、野呂の考えは人づてに広まり、一定数の入居者が集まるに至った。

かずはについては、国が定めるホスピスの適応疾患が、当時は癌や免疫不全症候群に限られており、選択肢が限られていたということもある。だが、加えてもう一つ、わたしが白樺荘を訪れた際に、彼女自身の口から明かされたことがあった。

「わたしは性を記録しすぎました」

寝台の上で、彼女はわたしにそう語ったのだ。

それは、わたしが白樺荘を二度目に訪れたときのことであった。少し鼻にかかったような彼女の声は、病によって支《つか》えつっかえとなっていた。

「……あるいは、その反動のようなものもあると思うのです」

白樺荘は広い庭に二つの棟が両翼のようにせり出しており、ベッドは五十床ほど、かずはのいる一室は南向きの四人部屋だった。外の庭には陽の光が射し、わたしを案内したヘルパーの女性によると、夏には繁殖期の青鷺《あおさぎ》が庭にやってくるという。〝鷺は立ちての跡を濁さず〟の諺《ことわざ》から青鷺は団体のシンボルにも用いられており、それぞれの病室のドアにも、この図案をエンボス加工した小さな銅の円板があった。

かずはの枕元には、例の量子結晶水のボトルが置かれていた。

彼女はそれを手に取ると、のろのろと口元に近づけ、一口飲んで噎《む》せた。

「食べるのは平気なのですが、飲み物で噎せるのです」

と、ばつが悪そうに微笑む。

ALSには手から来るものと足から来るものとが多いらしく、彼女の場合は、足からであったという。それでも杖を突きながらではあるが、このころはまだ自力で歩くことができ、せめて身体が動くうちにと、甲斐《かい》がいしく皆のケアを手伝うなどして、皆からは白樺のフローレンス・ナイチンゲールだなどと囃《はや》し立てられていた。

しかし、ナイチンゲールが根拠《エビデンス》にもとづく医療を最初期に唱え、統計を駆使して医療改革に寄与したのに対し、団体が配っていた妙薬はただの水にほかならないわけで、この点は皮肉であるようにも感じられた。

かずははもう一度水を口に含み、小さく噎せた。

「怖ろしくはないのですか」

躊躇《ためら》いつつも、わたしは訊《たず》ねてみた。

死ぬことが怖くはないのか、とは言えなかった。だが、かずははわたしの意図を察し、ゆっくりと首を振った。

「いまは、眠ることのほうが怖いです」

目が覚めたときに、筋力が大幅に落ちていることがあるのだという。

事実、この後まもなくして、かずはは自ら水を飲むこともできなくなった。

いつ突然に進行が早まるかわからないのがこの病の怖ろしいところで、ここからわずか一週間のあいだに、かずはは両脚や腹の筋力の半分を失い、寝たきりとなった。

ところで、わたしがかずはと話しているあいだ、病室にはほかに二人の入居者がおり、一人は中村南波という高齢の女性で、わたしたちの様子が気になるらしく、しきりにこちらの様子を窺《うかが》ってきた。大腸癌が転移したことをきっかけに入居を決めたとのことで、寝台の枕のうしろには、孫が作ったという鯉幟《こいのぼり》の切り絵が貼られていた。

もう一人が糸川千次《いとかわせんじ》である。

糸川は柱の陰で週刊誌に目を落としており、それに対して、南波がときおり咎《とが》めるような視線を送っていた。静かに死を迎えることの妨げになるという理由から、白樺荘では入ってくる情報が制限されており、雑誌や情報機器は禁止とは言わぬまでも、よからぬものと目されていたからだ。

糸川はそれにもかまわず、

「幹細胞でＡＬＳのマウスが治ったそうだぜ」

などと、親切のつもりなのだろうが、記事をわたしたちに向けて広げてみせる。

かずはが泣いているような笑っているような顔で、ええ、と口のなかでつぶやく。

こうした研究成果が臨床に反映されるまでには長い道のりがある。おそらく彼女にしてみれば、期待して一喜一憂することに疲れ切ってしまっているのだ。ところが糸川は、同じように死を待つ立場であるはずなのに、こうした機微がわからない様子なのだった。

糸川もまた癌を患《わずら》っていた。

ステージ４の肺癌と診断され、娘夫婦や孫たちには見放された。せめてカトリック系のホスピスに入りたいと糸川は望んだが、空きがなく、なかば閉じこめられるような恰好《かっこう》で白樺荘へ入居させられたのだという。

こうした経緯《いきさつ》を聞いてみれば、彼が野呂の方針に逆らって雑誌を盗み読むのも、むべなるかなと得心がいった。

それで、わたしとしても糸川に同情的になってきたのであったが、病室が南波一人になったところで、思わぬ告げ口を聞かされた。かつて庭で青鷺が縊《くび》り殺されるという事件があり、彼女は糸川がそれをやっている現場を見たというのだ。

「あの人は——」

ひそひそと、小声で南波はわたしに伝えた。

「きっと、自分だけが死ぬことに我慢ならないのよ」

この話の真偽はともかく、ほどなくして、糸川は一人だけで世を去った。わたしは警察の発表でこのことを知り、みたび、白樺荘を訪問することとなった。

2

「——その晩は、TさんやIさんと一緒に映画を観ていました」

そう語るのは、白樺荘のボランティア・スタッフであった新垣《あらがき》那由太《なゆた》である。

「映画は、昔のカンフー映画を……。それから消灯時刻になって、スタッフルームに戻りました。しばらく、申し送り事項を書くなどして過ごしました」

白樺荘は患者の介護の多くを、こうしたボランティアの手に頼っていた。

ウェブで発信をしないことや、携帯機器を持ちこまないことといった条件があるのだが、このことがかえって白樺荘に神秘のヴェールをまとわせることとなり、口から口へ、この終《つい》の棲家《すみか》の存在は、好奇心旺盛《おうせい》な若者らを中心に小さなブームとなった。

新垣は二十四歳で、本職はプロゲーマーなのだという。

詳しく聞いてみると、アルバイトの傍ら各地の大会で賞金稼ぎをしたのち、ゲームメーカーと契約をし、ネットゲームにプレイヤーとして参加したり、大会で司会をするなどして生計を立てているとのことであった。メーカーと契約してからは自由な時間が増えたので、空いた時間は本を読んだり、こうしたボランティア活動などに割いているのだそうだ。

「いま、そういうかたは多いのですか」とわたしは驚いてしまった。

「多くはないです」新垣は照れ笑いをした。

「……事件があったのは何時ごろでしたか」

「二時過ぎです。うつらうつらしていたら、誰かが強くドアをノックしまして……。普段は、ボタンを押して呼ばれることが多いので、何事かと飛び起きました」

ノックの主は中村南波だった。

とにかく来てくれと青い顔で言うので、何か大変なことが起きたのだとわかった。

浴室の前までつれられた。

ドアにはレクリエーションの切り絵で使った黄色い色紙が貼られており、そこに、「硫化水素発生中」と太くマジックで書かれていた。

うっすらと、卵が腐ったような臭気がした。

新垣はすぐに消防へ通報をし、特殊災害対応隊が出動した。入居者たちが避難誘導されたのち、朱色の陽圧式化学防護服を着こんだ隊員が浴室に突入し、室内の糸川を運び出した。

「確認のため、僕が呼ばれました。それで、糸川さんの顔を見たのですが……」

一目見て死んでいる状態——いわゆる社会死の状態として、糸川の遺体は警察へ引き継がれた。警察が出した結論は、末期癌による抑鬱《よくうつ》症状からの自殺企図。事件性はないとされた。

わたしは訊ねてみた。

「あなたの目から見て、糸川さんは、自殺するようなかたでしたか」

「わかりません」

新垣の返答は、逐一素直でてらいがない。

「僕の印象では、糸川さんは自殺するような人じゃなかった。でも、こうした場所で、外の常識が通じないことも確かです。僕はまだ日が浅いのですが、それでも、この患者さんから殺してくれと頼まれたことは一度ならずあります。それに——」

「それに？」

「いえ……」

新垣は首を振ったが、わたしはかまわず待ってみた。

相手が躊躇いがちにつけ加えた。

「白樺荘に入居するということ自体、広い意味で自殺だとは言えないでしょうか？」

この新垣の疑問は、一面の真実を衝いているようにわたしには思えた。しかし他方では、次のような事例も報告されている。二〇〇九年、安楽死協会のデレック・ハンフリーらが、二百人以上の自殺に関与したとして、自殺幇助の疑いで逮捕された。

このとき、ハンフリーらの弁護士のうち二人が、

「彼らの行為は、ホスピスでなされていることと変わらない」

と主張したのである。

ホスピスもまた自殺であり、時間をかけているにすぎないのだと。

これを聞いて、ホスピスの関係者らは強く反撥《はんぱつ》した。このようなホスピスへの理解は皮相的であり、患者やその家族に対して配慮を欠いていると。

遡るなら、中世において、ホスピスは巡礼者の休憩の場を意味するものだった。

近代ホスピスの祖とされるのは、十九世紀のダブリン、セント・ヴィンセント病院である。これは、治癒の見こみのない患者をケアするという目的から、アイルランド慈善修道女会のメアリー・エイケンヘッドが設立したものだ。

ホスピスは死ぬ場所ではなく、一日一日をいかに生きるかという場所だとされる。

それは、死に向けて精神的な準備をする場であり、だからこそ患者は自分が自殺し

ているなどとは思わないし、思えるはずがないというのが、関係者の見方である。

だが――本当に、ホスピスに入ることは自殺ではないのだろうか？　ホスピスの関係者の言は、新垣の疑問に答えているだろうか。件《くだん》の弁護士の発言が配慮を欠いていたのは、むしろ真実の一面を衝いていたからだとは言えないか？

房総大学病院の緩和ケアセンターの有馬総一《ありまそういち》は、

「簡単に白黒がつけられる問題ではありません」

とわたしの疑問に応じて答えた。

有馬の専門は麻酔・疼痛《とうつう》制御で、二年前にセンター長に就任した。わたしが通されたのはセンター付属のチャペルで、当然だが多くの面で白樺荘と異なっていた。説明によると、癌治療の専門医から麻酔科医、精神科医、看護師、栄養士、ソーシャルワーカーなど、あらゆる分野の専門家が集められ、患者の心の負担が軽くなるようチームが組まれるとのことだった。

有馬は白衣の襟《えり》を正して、

「一九九〇年に、アメリカの最高裁判所がこんな裁決を下しました」

と話をつづけた。

「簡単に言うと、判断能力のある成人は、医療を拒否する権利があるとするものです。これには背景があります。医療技術の急成長を受けて、治療介入が一般的となり、不治の疾患にも効果のない治療がなされるなど、患者の苦痛や価値観に注意が払われなくなってきたのです」

最高裁のオコナー判事は、患者が末期状態であるか否かにかかわらず、人工栄養や水分補給を含め、望まない治療を拒否する権利があるものと認めた。

この判決を経て、翌年、〈患者の自己決定権法〉が施行される。

「患者の自己決定は、生命倫理《バイオエシックス》の原則の一つでもあります。……この生命倫理という考えかたは、さらに前、一九七〇年代のアメリカで広まったものです」

「生命倫理の原則には、ほかに何があるのでしょう」

「いくつか例を挙げるなら、たとえば真実の告知があります。それから、患者のために最善を尽くすということ。守秘義務。そして、患者に危害を加えないという無危害原則。医療の現場で起きる問題は、簡単に白黒がつけられるものばかりではありません。ですから、こうした原則を当てはめていくことで、わたしたちは倫理的なジレンマの解決を図るわけです」

「場所によっては、ホスピスにおける自殺幇助が認められていると聞きますが――」

「ホスピスで安楽死や自殺幇助は容認されません」

有馬は強い口調でわたしを遮った。

「全米ホスピス協会が、かってこのような理念を打ち出しました。〝ホスピスは生命を肯定する。ホスピスは、できる限り十分に、満足に生きることができるように、治癒の見込みのない人生の終末期にある人々への支援やケアを提供する〟——」

——ホスピスは、死を病の結果ではなく自然な過程であると見なす。

ホスピスは、死を早めることも遅らせることもしない。

適切な思いやりのあるケアを通じて、患者と家族が、満足のいくような死を迎えるための、精神的な準備ができるかもしれない。そう信じて、ホスピスは存在する。

「おっしゃるように、たとえば米国のオレゴン州には尊厳死法がありますが、論争はいまもつづいています。どうあれ、死を早める行為は無危害原則に反している。ホスピスは死を遅らせない。同様に、早めない。ただ、死を迎える場所であるのです」

ですから、と有馬がつづけた。

「——自殺幇助は、ホスピスの哲学に反しているのですよ」

有馬の姿勢は明快で、この問題についてすでに考え抜いている様子が窺えた。

わたしは頷《うなず》いてから、もう一つだけ質問してよいかと訊ねた。

「終末期の緩和ケアにおいて、患者が自殺を試みることは多いのですか」

「そうですね」

有馬は顎に手をあて、視線を宙に向けた。

「たとえば癌の患者さんでは、三割から四割ほどに抑鬱症状が見られます。しかし終末期の患者が鬱病を経験することは、正常なことであるとも言えます。ですから、まずはチーム全体で心理社会的なサポートをし、ゆっくりと、精神的な安らぎへ導くことを考えます」

その上で向精神薬を使うことはあるが、通常の鬱病などとは方針が異なるそうだ。

「……わたし自身は、センター長についてから二名の自殺未遂と一名の自殺を経験しました。三名とも抑鬱によるものではなく、譫妄《せんもう》状態におけるリストカットでした」

「それは――」

答えにくいことを訊いてしまったと思ったが、しかし、センターの二年間の死亡退院率は八九パーセントであることをわたしは思い出した。有馬の仕事は、患者を快癒《かいゆ》させることではなく、もとより、死出の旅へ送り出すことなのだ。

――病棟における自殺者を、この医師はどのように見ているのか。

「終末期の抑鬱には対応できていたのですが、予防できた事故でもあります」

わたしの疑問を知ってか知らずか、有馬はつづけた。

「いつの時代も、ホスピスは自殺幇助だと口にする人はいます。それはかまわないのです。わたしたちが立っている場所は、いわば倫理のエッジです。そしてエッジに立つとは、こういう批難を受けるということでもある。少なくとも、活発な議論はなされたほうがいい」

ですが、と有馬がわずかに表情を歪めた。

「自殺された患者さんにも、もっと寄り添い、穏やかな看取《みと》りのときを迎えることはできたはずなのです。その人が築いてきた人生の最後の最後で、わたしたちが失敗をしてしまった。このことは、いくら悔やんでも悔やみきれるものではありません」


ところで、結城かずはと同室で、例の「硫化水素発生中」の貼り紙を見つけた中村南波からも、わたしは話を聞くことができた。ボランティアの新垣との話を終えたところで、ラウンジでテレビを観ていた南波が、

「ちょっと、お兄さん」

とわたしを手招いたのだった。

ラウンジにはテーブルや三二型ディスプレイがあるほか、隅にはウォーターサーバーや観葉植物が置かれていた。

新垣らがカンフー映画を観ていたという場所である。

「それで、やったのはいったい誰なのよ」

「え？」

「犯人は誰なのかって訊いてるの」

南波もまた余命いくばくもないはずなのだが、わたしに耳打ちをする様子はまるきり井戸端会議に立つ小母《おば》さんで、これにはわたしも笑ってしまった。

聞けば、悪液質によって起き上がることもできなくなっていたのが、白樺荘へ来てから元気が出たのだという。

「考えてみれば、あたしは元々一人が好きな性格だったのよ。それが、なんの因果か結婚して孫にまで囲まれちゃってさ。それはそれでよかったのだけど、癌になってここに入って、やっと自分の人生がはじまったような気もして」

介護者以外の若い話し相手ができたのが嬉しいのか、南波はそんなことを一気に喋った。家族から引き離された途端に亡くなってしまう患者も多いと聞くが、終末期にもいろいろな姿があるようである。

「ここは最高よ」南波が頬を弛ませた。「あなたも癌になったらいらっしゃい」

「ええ」

わたしが苦笑いを返すと、南波は悪戯《いたずら》をする子供のような顔をしてみせた。

「……あの晩ね、あたし、糸川さんを探して部屋を抜け出したの」

糸川が深夜に部屋を出たまま、長いあいだ戻ってこなかったのだという。青鷺の一件もあり、何かよからぬことを企んでいるのではないかと彼女は疑った。

それで、糸川を探しに自分も部屋を抜け出したのだそうだ。

「そうしたら、あんな貼り紙が貼られてるじゃない。本当に吃驚《びっくり》したわよ」

――硫化水素による自殺は、二〇〇〇年代にインターネットを通じて広まった。楽に死ねるという触れこみや、市販の薬剤を混ぜ合わせるだけという簡便さがその要因で、以来数は減ったものの、いまに至るまでたびたび自死に用いられている。

「実際は、かなり苦しい死にかたであると聞きますが……」

「それなのよ」

我が意を得たりとばかりに、南波が指を立てた。

「硫化水素で楽に死ねないことなんか、いまどき誰でも知ってるじゃない。まして、考えてもみてよ。楽に死を迎えるための家で、あえて苦しい自殺方法を選ぶ合理的な理由がどこにあるって言うの？」

思わぬ指摘を受け、わたしは腕を組んでしまった。

「合理的な理由、と来ましたか……」

3

白樺荘は宗教法人ではなく特定非営利活動法人《NPO》にあたる。

当初は神父によるキリスト教の礼拝を行っていたそうだが、代表の野呂が目指していたのは、宗教的に中立な、行き場をなくした者たちのための終の棲家であった。

白樺荘の事務室兼病室でわたしを迎えた野呂は、痩《や》せこけ、刈りこんだ白髪《しらが》に甚兵衛《じんべえ》という出で立ちで椅子に坐っており、宗教者というよりはむしろ木工職人か何かを思わせた。

一昨年、還暦を迎えるとともに癌が再発し、自らも白樺荘の住人となったという。

「自分も入りたいと思うような施設でなければなりません」

開口一番、野呂はそんなことを言った。

「実際、わたし自身が入居してみて、気がついた点も多くありました」

この旭川という土地は野呂の生まれ故郷でもある。

父親は自衛官の二尉で、その父への反撥か、学生時代には戦地での〈人間の盾〉運動に参加したという。その後は各地の少数民族を支援するボランティアなどに従事したのち、やがて自国の貧困問題に目を向けはじめた。野呂は労働相談を中心としたNPOを設立したが、まもなく、のちの人生を決定づけることになる肺癌を発症した。

癌を患い、次第に、死について考えはじめるようになった。

よく言えば利他的、悪く言えば移り気で一箇所にとどまることのなかった野呂は、ここで道を定め、郷里の旭川にホスピスを建設しようと考えた。

「こうした活動も、最初は自分のためでよいのです」

野呂は穏和に微笑んだ。

「誰でもそうなのですから。でも、つづけていきさえすれば、やがて角《かど》が取れていく。ただし、一人の人間のためではなく、人類のためを考えなければなりません」

「……前は、キリスト教の礼拝を行っていたそうですね」

「神父様と親しくしていまして、この家を建てる際にも支援いただきました」

私設のホスピスを建てるとなると、さまざまな障壁が立ちふさがる。

アパートやマンションは、こうした施設に転用されることを受け入れたがらない。土地つきの家を買ったところで、周辺の住民が反対することもある。賛成を取りつけても、通常の住宅のままでは使えず、家そのものを建て替える必要がある。

白樺荘の場合は、初期投資に一億円以上の金をかけたそうだ。

それを野呂は一人で銀行を回り、寄附を募り、開設までこぎ着けたのだ。

「……かつて日本においては、看護や医療は仏教寺院とともにありました」

野呂は塵紙《ちりがみ》を手に取り、喉に絡《から》まった痰《たん》を吐いた。

「たとえば、聖徳太子《しょうとくたいし》の四箇院《しかいん》の制などがそうです」

四天王寺《してんのうじ》の四箇院は施薬院《せやくいん》、療病院、悲田院《ひでんいん》、敬田院《けいでんいん》からなり、一説には、仏教の熱心な信者であった聖徳太子が建立《こんりゅう》したものだとされる。

看護は、仏教の精神とともに広まっていったのだ。

仏教における看取りの場と言えば、祇園精舎《ぎおんしょうじゃ》の北西にあったという無常院《むじょういん》である。これは回復が期待できない患者が死を受け入れるための施設で、日本においても宗派によって名は異なるが、無常院や往生院といった名で、死を待つ施設が多く建設されてきた。

「寺院から医療が切り離されたのは、一つには、寺の仕事が法事中心になっていったからでもあります。加えて、明治期《めいじ》には廃仏毀釈《はいぶつきしゃく》が起こった。大戦後の新憲法においては、国が社会福祉を担《にな》うこととなり、同時に政教分離の原則が埋めこまれました」

「しかし、ホスピスという場所は……」

「そうです」

わたしが話し終えるより前に、野呂が頷いた。

「わたしたちの使命は、スピリチュアルな問題も含めて、入居者を全人的《ホリスティック》にケアすることです。宗教を切り離すというわけにはいきません。ホスピスとは医療と信仰の接点であり、逆に言えば、ホスピスと政教分離は相性が悪いのです」

最初、野呂は知己の神父の協力を得て、白樺荘でカトリックの礼拝を行っていた。ところが徐々に、神父の話に対して疑問を抱くようになったという。

「神父様は聖書の一節に触れ、このような講話をされました。〝わたしたちの肉体は土の器であり、器は滅びて腐敗していくが、器には聖霊が宿っている。その聖霊は、鏡のように主の栄光を映し出し、主と同じ姿になっていく〟」

「〈コリントの信徒への手紙〉ですね」

「こうもおっしゃいました。〝信仰がなければ、死は消滅でしかない〟——と」

「それの何が問題なのでしょう?」

思わずそう訊ねてしまった。

一瞬の躊躇いののち、神父様はいまも尊敬しています、と相手が前置きした。

「……この家で、わたしはたくさんの人たちを看取ってきました。最後まで苦しみ抜いた人もいれば、まるで一日の仕事を終えて家に帰るように、穏やかに亡くなったかたもおられます。そこにあった違いとは何かと、わたしは考えつづけてきました」

「ええ」

「信仰があれば救われる——主の栄光に包まれる、あるいは、死後の世界がある——真にそう信じているなら、死を前に苦しむことなどないはずなのです。そうだとするなら、死の苦悩とは、信仰を持てないことの苦悩にほかなりません」

このとき、野呂はそっとわたしから視線を外した。

穏やかだった彼の口調が、徐々に波打ちはじめていた。

「ですが、笑って死んでいった者たちは、死後を信じていたのか。神の栄光を信じたのか。わたしには、そうも思えないのです。彼らが、死後を心から信じていたとは思えない。もっと言うなら、神と同じ姿になどならなくてもいい。わたしたちは、生きたいのです！」

ですから――。と彼がつづけた。

「信仰がなければ死は消滅にすぎないなどと言うのは……脅しです」

思わぬ強い口調に、わたしは顔を上げてまじまじと相手を見た。

野呂の目はすでに凪《な》いでいた。

「……世の人々は、わたしたちの活動が医療の拒否《ネグレクト》に通じかねないと言います。たとえば、子供にワクチンではなく、あの水を与える親がいるかもしれないと」

念のため補足しておくと、野呂は終末期以外の入居者に〈量子結晶水〉を与えることを認めていない。また、通常の医療を拒否することはなく、最低限の治療や緩和ケアがなされることはむしろ勧めている。

だが、彼が口にしたような可能性は、常に存在する。その点を、認めたということでもある。

「通常、医師は患者を治療することを考えるので、死への準備は行いません。そして死が避けられない患者の目をまっすぐに見ることは、誰にとっても難しいものです。しかし、そうだからこそ、患者の側は見捨てられたと感じてしまう」

人との関わりのなかで安楽を目指すべき時期に、感情的に孤立してしまう。

これが、終末期医療の難しさの一つなのだ。

「わたしたちが医療をネグレクトするとき、医療もまたわたしたちをネグレクトしている。こうした側面があることも、知っていただきたいのです。そしてまた——神父様の話を聞いて、わたしは信仰からも拒まれたように感じてしまった」

話を聞きながら、わたしは自分の身に起きた個人的な出来事を思い出していた。去年、従甥《じゅうせい》を亡くしたところであったのだ。悲嘆に暮れる母親に、わたしは通り一遍の慰《なぐさ》めしかできず、言葉は上滑りしていくばかりだった。

——この男なら、あのときなんと声をかけたものだろうか。

「残された者たちに、記憶されればいいという人もいます」

野呂が静かにつづけた。

「しかし、本当にそうでしょうか。記憶というものは、人のなかで戯画化され、歪められていくものです。死者の心のありようを正しく見て、記憶できることなど、まずもってありえません。生者は死者のことを、見たいように見て、憶えたいように憶えるものです」

おそらく、と野呂は手にもう一方の手を添えた。

「穏やかに死んでいった人たちは、もっと単純に——ただ、消えることを受け入れたのではないでしょうか。キューブラー＝ロスという医師の言葉に、〝死は成長の最終段階である〃というものがあります。ならば成長とは、消滅を受け入れることにほかなりません」

そうして——野呂は神父に頼るのをやめ、入居者に自分の考えを説きはじめた。世に痕跡を残さないこと。いっさいの記録をつけず、鳥のように飛び立つこと——彼の主張は人から人へ伝わり、そのうちに遠地から入居を希望する者なども現れ、やがて白樺荘は一つの新宗教の様相を呈《てい》しはじめた。

「特別なことを言いたいわけではないのです」

やや含羞《はにか》むように、野呂は言い添えた。

「わたしは、ただこう言いたいだけなのです。信仰を持てなくてもいい。消えることが受け入れられなくてもいい。ただ、寄り添いはする。共に、消滅に向けての準備をする。——わたしの言に教義めいたものがあるとするなら、本当に、ただそれだけなのですよ」


ところで、糸川の病室にはまだ遺品がいくつか残されており、彼が生前に読んでいたあの週刊誌もそのまま段ボール箱に入れられていた。入居者が雑誌の類いを読めないこともあり、わたしは理由をつけ、その雑誌を持ち帰らせてもらうことにした。あの老人にも、もう少し話を聞いておけばよかったと後悔がよぎった。

彼の死は白樺荘に世間の耳目《じもく》を集め、また、〈量子結晶水〉がただの水であると告発する雑誌記事なども相まって、白樺荘への風当たりは徐々に強くなっていった。一部の保守層のなかには、野呂を自殺幇助罪で起訴せよという動きも現れはじめた。

幸いであったのは、白樺荘は外からの情報を制限していたため、こうした騒がしい動きが、死を待つ者たちの耳に入りにくかったことだ。

――かずはの看取りのときが訪れたのは、それから一年余りが過ぎてからである。

4

かずはは目に見えて衰弱し、熱は三十八度前後を行き来していた。

喋れなくなってから導入した意思疎通用のキーボードも操作できなくなり、彼女のリビング・ウィルに従い、水や食事の供給を止めることとなった。

野呂の指示で胃瘻《いろう》も塞《ふさ》がれ、やがて身体からすべての管《くだ》が取り外された。

翌日から呼吸が乱れはじめ、唸《うな》るような息づかいと無呼吸が交互に繰り返された。

水さえも止めてしまうのは残酷ではないかとわたしは思ったものだが、あとで知ったところでは、終末期においては代謝機能が低下し、食事や栄養を強要しても利点はない。むしろ肺鬱血や浮腫《ふしゅ》、吐き気などをもたらすとのことであった。多くは空腹や口渇《こうかつ》を訴えることもなく、脱水状態こそが、患者にとって安楽であるのだそうだ。

かずはの呼吸が止まったのは、管を取り外してから三日後のことだった。

その間、野呂は彼女の傍らで車椅子に坐って身体をさすり、自身も癌が再発して死を待つ身だというのに、ほとんど不眠不休で死にゆくかずはに寄り添いつづけた。

白樺荘の方針に従い、わずかな身の回りの品を除いて、彼女は何も残さなかった。例外は向日葵《ひまわり》の刺繡《ししゅう》が入った小さなリュックサックで、二十歳前後の女性の写真が一葉だけ入っていた。かずはによく似ているが、黒子《ほくろ》の位置が異なる。

自死したという彼女の姉の写真だった。

かずはは自らの痕跡までは消すことができても、肉親の痕跡まで消すことはできなかったようだ。

遺体は火葬され、白樺荘の近くの永代供養墓に入ることとなった。

納骨式があるというのでわたしも参加したところ、その日はあいにくの曇天《どんてん》で、遠くには建設中のビルが一棟、屋上に昆虫の触角のような二基のクレーンを生やしていた。墓は特定の宗教を感じさせないようにシンプルなドーム形となっており、所定の費用を払えば、三十三回忌《き》まで骨壺の状態で預かるというものであった。

白樺荘からは車椅子の野呂のほか、南波など数名も参加し、ドームの前で皆で祈りを捧げた。ぽつぽつと水滴が墓石に落ちはじめ、わたしは野呂のために傘を広げた。

骨壺が納められるまでを見届けたところで、南波が捌《さば》けた口調で、

「あの子の傷は癒えたのかね」

不意に、皆も薄々気にしていることを口にした。

「その可能性はあると信じます」

野呂が静かに応えた。

皆は白樺荘へ戻るためのハイヤーを待つとのことであったので、わたしは一人でホテルへ戻ろうとした。このとき、野呂がわたしの背を下から叩いた。

「このあと——後日でもよいのですが、お時間はありますか」

鋭い双眸《そうぼう》が、こちらを窺っていた。

「……少し、お話がしたいのです」

「ええ」わたしは唾を飲み下した。「——わたしもです」


わたしは皆と一緒に白樺荘へ戻り、野呂の事務室兼病室に通された。

鳥の声がして窓に目を向けると、窓辺に、鳥にやるための生米の椀が置かれていた。ほかの入居者のケアを優先したためか、あるいは生来の性格であるのか、部屋は乱雑に散らかり、机のキーボードの上には、書籍や二穴ファイルが無規則に積み重ねられていた。

外部から雇われたヘルパーとともに、わたしは野呂をベッドに寝かせた。

「手短に行きましょう」

野呂が口を開き、ヘルパーを退室させた。

彼の身体は思いのほか重く、話す際に、わずかに口の匂いが漂った。匂いは迫り来る死を予感させたが、不快なものとは感じなかった。

「あなたが――」

「野呂さんは――」

二人の声が重なる。

わたしは咳払いをして、野呂に先を促した。野呂が言った。

「あなたが殺したのですね」

相手の目は、まっすぐこちらに向けられている。

これ以上は誤魔化《ごまか》せないとわかり、わたしは頷いた。

「ええ」――外で鳥が啼いた。「……おそらくは、わたしが」

「机の一番上のファイルです」

立ち上がって、指定のファイルを手に取った。

開くと、週刊誌の記事のコピーがあった。「正体はただの水？　白樺荘〝新宗教〟のホスピスケア」との見出しが目に入る。その記者は知人を介して野呂の〈量子結晶水〉を入手し、それがただの水と変わらないことを確認した上、その水に延命効果がない旨を指摘していた。

あの日、糸川が読んでいた雑誌に掲載されていた記事である。

――そしてまた、わたしが別名で書いた記事でもあった。

「……以前、ジフテリアで従甥を亡くしました」

声が震えた。

防げる死だった。母親である従姉《いとこ》は子供に予防接種を受けさせず、発症後はレメディと呼ばれる砂糖玉を与え、一般に適切と思われる治療を施さなかった。

レメディとはさまざまな物質を水で希釈していったもので、希釈すればするほど効果があるとされる。現代科学の範疇《はんちゆう》においては、そこに元の物質は一分子も入っておらず、プラセボ以上の効果は期待できない。

しかし、それより衝撃を受けたのは、子を亡くしたあとも、従姉は適切な治療をしたと信じて疑わず、内省が感じられないことなのだった。そうかといって、子を亡くした母親に多くは求められない。結局、わたしは通り一遍の慰めの言葉をかけることしかできなかった。

わたしはこう思ったのだった。

レメディを信じるのはいい。人間は信仰なしに生きられない。あるいは、本当に効果があるのかもわからない。しかし——。

「真に家族を思うなら、なぜ、一度でもその薬を疑ってかからないのでしょう……」

「ええ」野呂は穏やかに相槌《あいづち》を打ち、わたしに先を促した。

「そんな折でした。週刊誌の編集部から白樺荘を扱わないかと打診があったのです」

〈量子結晶水〉のサンプルを得たわたしは、品川水質研究所に勤めていた黒木祥一郎《くろきしよういちろう》の助言を元に水を分析した。結果、水は生理食塩水以上のものではないとわかったので、わたしは白樺荘を取材し、記事に起こすことに決めたのだった。

だが、記事にしたあとも迷いは残った。

人間は信仰なしに生きられない。あるいは、あの水にしても、本当に効果があるのかもわからないのだ。それで、わたしはもう一度、白樺荘を訪ねてみることにしたのだった。

「……ここは、わたしが考えていたような場所ではありませんでした」

そして——かずはから話を聞きながら、わたしは気が気ではなくなった。糸川が、わたしの記事が載っているあの雑誌を読んでいたからだ。

糸川の死の報を受けてからは、こんな光景がちらついた。

彼は白樺荘の方針に相容《あいい》れないようでいて、しかし死を前に〈量子結晶水〉に一縷《いちる》の望みをかけていた。そこにわたしの記事を読み、絶望し、自ら命を絶ったのではないかと。

——隠さなければならないと思った。

そして次に白樺荘を訪れたとき、わたしは理由をつけ、その週刊誌を持ち帰った。

「しかし、まだ納得できないこともあるのです」

「……なんでしょうか？」

「あなたはこうおっしゃいました。自分がやることは、ただ寄り添うことだ。それが唯一、教義めいたものであると」

「確かにそう言いました」

「ならば——〈量子結晶水〉などという水は、もはや不要ではないのですか」

「なるほど」

つぶやいて、野呂は視線を窓辺に向けた。

短い沈黙が覆った。

「……わたしは、消滅を受け入れることが死への過程だと説きました。もちろん、理想的にはそうであるはずです。しかし、そもそも人は消滅を受け入れられるものではありません」

「ええ」

「そしてときには、希望めいたものが必要になることもある。そこで、レメディの考えかたを参考に、あの水を作り出しました。成分はあなたの指摘した通り、ただの塩水です」

「なぜ、そのような……」

「塩水であっても、この水は効くと言われればプラセボ効果は生まれます。そうであるなら、死を前にした患者の苦痛が軽減することもある。何より、このとき患者は否応なしに身をもって感じるのです。つまり、薄ければ薄いほど、霊性というものは高まっていくのだと」

ひいては——と言って、一瞬、野呂が暗鬱な微笑を浮かべた。

そして、彼の教義の本当の顔をわたしに語ったのだった。

「自己存在を限りなく薄めたその最果てに、自己の不滅があるのだと」

——野呂はつづけて言う。

世に痕跡を残すまいとする点で、自分たちは徹底している。法人の維持さえ考えず、後継者も立てていない。そうだからこそ彼らの考えは薄められ、消え、その先において世を塗り替えうるのだと。

「……なぜ、いまわたしにこの話を？」

「きっとあなたは、いま残されている入居者が生きているうちは、ここで耳にしたことを外部に漏らさない。そうした思慮をお持ちであると判断しました」

結局――わたしは白樺荘があるうちは、ここで聞いた内容を明らかにしないことを野呂に約束させられた。

しかし、皆が生きているうちと言っても、半年か一年のことであるだろうし、発表するかどうかはそのあとで決めようと考えていた。

ところが思わぬことに、関係者全員が他界するまで、わたしはさらに十年余りを待たねばならなかった。免疫力の神秘か、はたまた〈量子結晶水〉の霊験か、中村南波の癌が消滅したのである。

南波は八十九歳で天寿を全うし、死因は老衰と診断されたのであったが、その亡くなる間際になって、突然わたしに連絡を寄こしてきた。

「これを渡さなければと思って……」

彼女がわたしに差し出したのは、一枚のメモリカードであった。

わたしはそれを自分の端末に差しこみ、読みこんでみた。文書ファイルだ。タイムスタンプは、わたしたちがかずはを看取った少し前の日付を指している。

開いてみた。

一瞬、それは無意味な文章の羅列《られつ》に見えた。直後、怖気《おぞけ》のようなものを感じた。

〝暑い〟〝コール〟〝苦しい〟〝ベッド〟……それは、何者かの手による筆談の記録なのだった。

「かずはが死ぬ前にと思って、筆談用のＰＣから抜き取ったのさ」

南波が悪びれもせずに言った。

「記録が禁じられているはずの家で、こんなものが残っていたとはね」

「なぜ、いまになってこんなものを？」

「〈硫化水素〉で検索してみな」

不穏な予感とともに、わたしは文字列検索をかけた。

それはすぐに見つかった。〝どうしてもと言うなら〟〝確実な方法〟といった記述のあとに、硫化水素という単語、そしてそれを発生させるための商品名がつづく。

思考が凍った。

だんだんと、それが何を意味しているかがわかってきた。

「自殺教唆《きようさ》――」

南波が頷いた。

それから、彼女はかずはから聞いたという話をわたしに語った。かずはの姉は、硫化水素を用いて自殺をしたそうなのだ。糸川の場合と同じように、浴室が目張りされ、「ガス発生中」と書かれた紙がドアに貼り出された。

発見したのはかずはだった。彼女はすぐに消防を呼んだが、その時点で、姉はすでに事切れていた。

この事件は、二つの点でかずはを苦しめた。

一つは、かずはの命を守るためのその貼り紙が、しかし、かずはの存在を頭から拒んでいるように感じられたこと。もう一つは、たとえガスが発生していたとしても、消防を待たずに踏みこむべきだったと思ってしまったこと。

かずはは自らの心を守るため、こう考えるようになった。

自死もまた、人の自由な選択の一つであると。やがて彼女自身も、享楽的、刹那的に生きるようになっていった。

——ログの終わりのほうには、かずはがわたしに最後に語った言葉もあった。

それは当時、期せずしてわたしが聞くこととなった一言だった。死を前にしたかずはは、外の情報を知りたい、白樺荘がどう見られているかを知りたいと皆に言い出した。しかし野呂の方針としては、外の情報は入れられない。と同時に、それは死にゆく者の意志でもあった。

そこで野呂はわたしに依頼をした。

外部の人間であるわたしに、こっそり彼女に情報を伝えてほしいというのだ。だが、気の重い役目でもあった。糸川の死以来、世間の白樺荘への風当たりは強かったからだ。

プラセボでもなんでも効果があればいいと言う者がいた。野呂の行為は詐欺《さぎ》にほかならないと指摘する者もいた。〝患者は希望を欲するものだと思いますし、それはやむを得ないと思うのですが、科学的真実が覆い隠されるようなことになるなら、残念なことと言うよりありません〟〝誰がどんな治療を受けようがかまいませんが、この一件が自殺の肯定につながらないか気がかりです〟〝個々の信仰は自由ですが、親が子供に医療を受けさせないような事態は避けなければなりません〟……誰もが、頼まれもしないのにそれらしい正論を並べ立てていた。

まるで、何か言わなければ自分が死にでもするかのように。

余さず伝えてほしいというのが、かずはの意志であった。

それでやむなく、わたしはこうした人々の声を彼女に読んで聞かせた。短い沈黙ののち、かずはは震える指先をキーボードに這わせ――そして、その一言をタイプしたのだった。

――〝薄っぺらいんだよ〟

佛点

The Buddhing Point

この言葉は、そもそも一九七〇年代に普及した言い回しで、アメリカ北東部の比較的古い都市に住む白人の市外への脱出を指す言葉だった。ある特定の都市区域に住み着いたアフリカ系アメリカ人の数が一定数——ほぼ二〇%——に達すると、その地域に残っていた白人がほぼいっせいに町から出ていく。それを社会学者は町が傾《ティップ》くと称した。

ティッピング・ポイントとは核物理学でいう臨界質量であり、しきい値であり、あるいは沸騰点のことである。

——『ティッピング・ポイント』マルコム・グラッドウェル著、高橋啓《たかはしけい》訳

1

ロシアの聖《サンクト》ペテルブルクへ移り住んだイェゴールをわたしが訪ねることができたのは、いくつかの巡り合わせが重なった結果であったのだが、最たる巡り合わせとなると、わたしが当時仕事を辞め、比較的自由な身にあったことには違いない。

というのもそれより前、環境テロに関わった一件からわたしは食うに困り、知人の伝手《つて》を頼り、吉祥寺《きちじようじ》のソフトハウスで職を得たのであった。

ソフトハウスと言っても、開発の本隊は台湾《たいわん》の新竹《シンチユー》にある。

わたしたちの業務は、その開発とクライアントをつなぐ窓口のようなもので、スタッフは社長とわたしを入れても五名——立ち退き交渉中の雑居ビルに、小さなオフィスがあるだけの会社だった。

テナントが入っていたのはビルの六階で、エレベーターを降りた正面には怪しげなアジアンエステと、客がいるのを見たことがない靴修理店が一軒。その右手奥の、空き部屋を挟んだ角部屋が、わたしたちの〈アレカ・コーポレーション〉であった。

夜は遅く、だいたい二十二時くらいだったろうか、台湾のプログラマに合わせて、それくらいの時刻の退勤となることが多かった。そのまま帰って寝るだけとなるのも癪《しゃく》であるので、一階に入っていたチェーンの喫茶店でウェブのニュースを読み、閉店間際の書店を覗《のぞ》き、帰宅するころには日付を越えているのが常となった。

長く自宅作業ばかりをやっていた身には応えたが、逆に、あたかも自分が一つの電卓になったような、余計なものを脱ぎ捨てた爽快さめいたものもあるにはあった。

古い知人たちとの交流は途絶えがちになってきた。だが、わたしとしては隠遁者《いんとんしゃ》に近い心持ちになっていたこともあり、一年ほど勤めたころには、このまま新たな職場に骨を埋《うず》めるのも悪くないと思えてきた。

勤務時間は長かったものの、社長である黄《ファン》はけっして阿漕《あこぎ》な人間ではなく、また過去を承知でわたしを雇い入れた経緯があり、わたしも彼には恩義を感じていた。

ところで黄には妙な茶目っ気というか遊び心があり、出張の合間にホームセンターで買ってきたというアルミブロックを鏡面研磨しはじめたり、液体窒素をこぼしてオフィス中を真っ白にしたり、またあるときはミドリムシの養殖を試みたり、真空ポンプを用いてフリーズドライのアイスクリームを作って振る舞ったりと、何かにつけ周囲を飽きさせなかった。

「世界は楽しいと訴えつづけるのが、うちの経営理念だ」

とは彼の言だが、これは、単にさぼりの口実である気もしなくはない。

黄の実験中、また男子が妙な遊びをはじめてとでも言いたげに渋い顔をするのが事務の内海京《うつみみやこ》で、逆に宇宙から来たオーバーテクノロジーを前にしたかのように本気で驚くのがアルバイトの川崎空《かわさきそら》、そして一瞥《いちべつ》もせずに淡々と客先とのビデオ会議をつづけるのが――当時、技術担当をしていたイエゴール・リドヴィネンコであった。

何をしたら彼を驚かせられるかというのは、皆の定番の議題《アジエンダ》だ。

扱う商品は家電の小物《ガジエット》が多く、下請けが主であったが、いくつか黄が考案した自社製品もあり、ときおりそれに関われるのが、わたしたちの楽しみであった。

わたしは資料やマニュアルの文書化や翻訳のために雇われたのだが、少人数であるので、何をするにも人手が足りない。それで京のかわりに駅前の手芸用品チェーンで四色ボールペンを買ってきたり、動かなくなった製品の試作機《PP》の半田《はんだ》をつけ直したり、ウェブの更新をしたり、イエゴールとともに台湾へ出向いて開発のスケジューリングを詰めたりと、いま一つ何屋であるのか判然としない日々がはじまった。

雑居ビルの二階には看板のないアジア食材店が入っており、エレベーターに乗ると、ほのかに馬芹《クミン》などのスパイスが香った。それは雪《ヒマ》というネパール人女性が営む店で、覗くと、商品名も値札もない豆や香辛料がいつも棚一杯に並んでいた。

レジカウンターの前には客など来るなと言わんばかりにベビーカーが常設され、負けじと入店すると、今度は三歳になったばかりだという店主の息子がよちよちと棚のあいだをやってきて、彼一押しの小麦粉やレンズ豆の袋を差し出してくる。

京の噂話によると、その子の父親は日本人で、子供ができたと聞かされるや姿を眩《くら》ましたとのことで、そう知ってしまうと、心情的に放っておけなくなる。以来、なるべくヒマの店で買い物をしようと、仕事の合間に立ち寄っては子供が差し出す食材を買い、土日にそれを調理するようになった。

店で番をするヒマは小さな木彫りの仏像を胸に掛けており、これもまた京の情報によると、黄からの贈りものであるらしく、この一事実はさまざまな憶測を呼んだ。

こうした零細によくあるように、わたしに限らず皆一つや二つ事情を抱えており、そのためかスタッフのあいだには適度な距離感やぬくもりがあった。わたしはテロの一件で自信を失っていたこともあり、いくばくかでも周囲の役に立てることはありがたく感じられた。

不思議と、口から出る言葉の質のようなものも、徐々に変わっていったように思う。修辞が減り、一文一文が短く、事務的になってきたのだ。

こうして、わたしは徐々に別人へと生まれ変わりつつあった。

しかし出退勤の最中や、あるいは休日に目を覚ました瞬間などに、ふっと、渇きのようなものを感じるようにもなった。それは旅の最中に日本語に飢えるような、漠然とした、けれども強い、抗《あらが》いがたい渇きなのだった。

かつて取材をした及川千晴《おいかわちはる》から連絡が来たのは、そんな折のことであった。

2

千晴の用件はまったく個人的なもので、新たに所属することとなった小劇団がコンクールに出るので、桜として観劇に来てもらいたいのだという。場所は明治《めいじ》通り沿いの半地下の劇場で、平日ではあったものの、行けない時間ではない。

〝美人すぎるエスパー〟からいつの間にか演劇に転じていたというのは、驚いたような、逆に納得であるような、なんとなく身が案じられつつも、迷走においていっそ貫禄があるような奇体な印象であったが、とにもかくにも、行けるようなら行くとわたしは軽く応じた。

ところが、いざその日が来てみると、仕事上の小さなトラブルが重なり、わたしはイエゴールとともに御茶ノ水《おちゃのみず》の客先へ出向かねばならなかった。昼食を摂《と》るタイミングも逸したまま時間が過ぎ、用件を終えてニコライ堂の前を二人でとぼとぼ歩き出したころには、とうに陽が暮れていた。その場で車を拾って劇場へ赴くと、彼女たちの演目がはじまってしばらくしたところであった。

劇の内容は、大塚《おおつか》駅北口の中華料理屋を舞台に人々の様子を描くというもので、千晴は看板娘の友達という役柄で出演していた。

土産《みやげ》を手に楽屋を訪ねると、彼女はタオルを首から提げ、椅子の背を跨《また》いで看板娘役と何事か話をしていた。すでにラフな恰好に着替えており、近くへ寄ると、目尻に初霜のような細かな筋が刻まれているのがわかった。

コンクールの結果は、七組中の三位であった。

劇場近くの屋根裏風の飲み屋で打ち上げがあり、都合十人ほどが狭いテーブルに詰めて坐った。セルフレームの眼鏡をかけた四十過ぎの作演出の男性を中心に、役者が三名、これに観劇に来た文化人らしき数名が加わった。

しばし、今日の反省会がなされたのち、噂話や、戯曲賞を取ったばかりの作家の悪口などが交わされはじめる。

さすがに居心地が悪く、隅の席で小さくなっていたところ、書評家だという隣の男に何者かと訊ねられた。

「及川さんの知り合いです。前は、記者のようなことをやっていましたが……」

もごもごと話すと、相手はふむと頷き、ふたたび皆のほうへ向き直った。

このとき、こちらを見ている千晴と目が合った。千晴は銚子と猪口《ちょこ》を手に立ち上がると、強引にわたしの横へ入り、

「最近どう。恋とかしてる?」

興味もないくせに訊ねてくる。

「どうもいけません」

わたしは苦笑いを返した。

「一度挫《くじ》けてからは、なんだか騙されてばかりで……」

ふうん、と千晴はこちらの目を覗きこんだ。

「雰囲気、少し変わったね」

「そうですか?」

「前より自由な感じ」

定職に就いてから自由になったと言われるのも妙な話だが、そういうものかとわたしは頷いた。千晴が銚子を持ち上げたので、わたしは右手を挙げて店員に猪口を頼んだ。まもなくして、ミサンガやパワーストーンをいくつも手に巻いた店員が小走りにやってきた。

「及川さん、すみません……」

猪口と一緒に、フォークが一つ差し出される。

「また、友達から頼まれちゃって……」

千晴が口の先をすぼめ、突き出されたフォークの先を手に取った。

その体勢のまま、フォークの首を二度、三度と捻《ねじ》っていく。特技はいまも健在であるようだ。千晴はフォークを受け取ると、枝を花弁に見立てて広げ、柄の部分も丸め、相手の胸ポケットにすっと挿《さ》した。淀《よど》みのない動きだった。

店員が去ってから、彼女は軽く頭のうしろを掻《か》いた。

「そうだ」

と、わたしのほうを向き、気持ち声のトーンを落とす。

「ちょっと、相談があるんだけど……」

それから千晴が語ったところによると、彼女の友人——ここではMとしておく——がアルコール依存症に長く悩まされており、入院治療を経て、街のアルコール依存症者匿名会《AA》へ通うようになったそうなのだ。

AAとはアルコール依存症の患者たちが匿名で参加する相互扶助の集《つど》いである。精神科で参加を奨励《しょうれい》されることも多く、これ自体は長い歴史と実績を持つものだ。

ところがMが参加した会は関連団体への届出もなく、詳しく聞くほどに、胡散《うさん》臭く感じられてきたのだという。

「その子の言うことも、だんだんと変わってきて。たとえば、大いなる何かの前で、自分が無力であることを認めようとか――」

「それは――」わたしは顎《あご》に手を添えた。「必ずしも、間違っているとは……」

匿名会は特定の宗教や宗派に縛られないものであるとされるが、歴史的な起源は、オックスフォード・グループと呼ばれる福音派の団体に見出すことができる。

その創始者たちが掲げたのが〝十二のステップ〟と呼ばれる回復の過程で、それによると、まず自分自身がアルコールに対して無力だと認め、物事を神の配慮に委《ゆだ》ね、そして最終的には霊的な覚醒《かくせい》を目指すべきだとされる。

依存症の回復は、まず自力ではどうにもならないと認めることからはじまるケースが多い。だからこれは、少なくとも考えかたとしては理に適っている。

「でもね……」

千晴は浮かない顔をして、首筋のあたりを撫でた。

「主宰側に教祖のような人がいて、参加者がみんな女性らしいの。それで、相手が心を開いて、身を委ねたところで、関係を迫るみたいな話もあって――」

「それは確かに……」

その場で検索をかけてみると、昔ながらの、文字ばかりの手作りのウェブページがヒットした。〝クローズドセミナー・今日一日飲まない〟というイベントの案内のほか、主宰者が書いたという詩が多数掲載されている。

主宰は、アルセン・ホロシロフと称するロシア人。

古臭いウェブページのレイアウトはいかにも怪しく思われたが、あらかじめ千晴の話を聞いていたという先入観もある。いずれにせよ、これだけでは判断のしようがない。この会で断酒に成功した者がいるかもしれない以上、藪《やぶ》を突《つつ》くのも気が引けた。

加えて、匿名会は参加者たちが文字通り匿名で自らの体験を語る場である。そのため、多くは名簿もなく、追跡調査をすることが難しいのだ。

「でも――」

わたしの口を衝いて出たのは、穏当な、けれども冷淡な決まり文句だった。

「どうあれ、皆が幸せであるなら……」

対象に影響を与えずに、ただ見るということは難しい。物理の不確定性原理ではないが、いくつかの事件を経て骨身に沁《し》みたことでもある。この当時、わたしは過剰なまでに傍観者《ぼうかんしゃ》であろうとし――それでいながら、こうした内心を見透かされることを怖れてもいた。

一瞬、相手が口元を結ぶのがわかった。

「たとえ当人が幸せでも、間違ってるものは間違ってる」

思わぬきっぱりとした物言いに、わたしは猪口を持つ手を止めた。

千晴はもうわたしを見ていなかった。


会をあとにしてメールを確認すると、リリースしたばかりのソフトに不具合が見つかったとの報告が届いていた。迷ったが、いったん吉祥寺まで帰社することにした。

駅は混雑していた。

スーツ姿の男が、頭を下げながら電話で話しているのが目に入る。男は電話を切ると、スポーツドリンクで何かの薬を飲み下し、建物が崩れでもするようにその場にしゃがみこんでしまった。

疲れのせいか、聴覚が冴えてきていた。

周囲の会話や息づかい、衣擦《きぬず》れ、誰かが怒って怒鳴る声、子供たちがゲームで遊ぶ声などが、幻聴のようにすぐ耳許に聞こえてくる。先ほどの男がまたどこかへ電話をかけた。ええ、それはアサインして先方に投げておきます。わたしとしては、アグリーなのですが……。

列車が来る旨のアナウンスが流れた。

線路の向こう側——高架下の街路樹に、白い花が咲いていた。その周囲をネオンや電飾が瞬き、乱視によって滲《にじ》んで見えた。

景色は心に入ることなく、記号のように右から左へ通り抜けていく。ふと、自分の感性の磨耗《まもう》が気にかかり、かつてそうしていたように、目の前の景色を文章化してみようと試みた。いくつか常套句《じょうとうく》が浮かんでは消えたところで、匙《さじ》を投げた。

先ほどまで千晴と話していたことが、すでに遠い世界の出来事に感じられた。それでいて、かつて網岡《あみおか》や黒木《くろき》を取材したことは、昨日のことのようなのだった。吉祥寺に通いはじめて以来、わたしの時計はすっかり止まったままとなっていた。

一つの電卓のようでありたいと思ったのは、あるいは、自分にとって大切な領域を温存し、内的な蓄えのようなものを切り崩したくないと考えたからかもしれない。いまの生活と、それまでの生活——そのどちらかが、夢であるようだった。

縁のあった死者たちの顔を思い起こそうとした。

ようやく浮かんできた彼らの顔は、生活の靄《もや》に覆われ、遠ざかりつつあった。急に、こんなことを思った。自分は、筋道通りに老いることができずにいると。

千晴をはじめて取材したとき、正直に明かしてしまうと、わたしはこう思った。彼女はパーソナリティの不安定な、誰かのケアを必要としている人物であると。それがいまや、すっかり逆だった。

電車が来た。

並んでいた人々とともに、車両へ吸いこまれそうになる。無意識に、仏像のように片手を挙げて人混みを抜けた。遅れて吐き気が来た。わたしは駅のトイレへ駆けこみ、胃のなかのものをすべて戻した。

3

アルセン・ホロシロフというロシア人について知らないかと、翌日、わたしは何気なくイエゴールに訊ねてみた。相手はディスプレイを前に少し考えたのち、さあ、と短く答えた。それもそのはずで、訊いたはいいものの、単に同じロシア人だからと訊ねるのも無神経であったとばつが悪くなってきた。

なんと言ったものか考えあぐねていると、

「皆さん、おやつにしませんか」

社長の黄が手を叩き、デスクの下から重曹やらクエン酸やらを取り出し、自家製のキャンディを作りはじめた。

これで皆も仕事の手を止め、近所の小籠包《ショウロンポウ》が美味いだとか、パキスタンで作られたホラー映画が面白いだとかと雑談を交わしはじめた。

「彼女欲しいなあ」

アルバイトの川崎が大きく伸びをして、益体のないことを口にする。

「そんで、〝来ちゃった〟とか言って、雨のなかアパートを訪ねてきたりさ」

「傘もささずに？」わたしもそれに乗って訊ねた。

「そ。傘もささずに」

ゆっくり首を回すと、こきりと音がした。改めてホロシロフについて調べてみる。

短いながら、本人のインタビュー記事が一つ見つかった。

記事は二年前のもので、「ロシア人の手による〝変わり種〟匿名会」という見出しである。それによると、ホロシロフの出身はロシアの首都モスクワ。大学で心理学を学んだのちに来日し、ロシア語の非常勤講師や占い師といった職を経て、現在のＡＡグループの主宰に落ち着いたという。

妻は日本人。

自身も日本国籍を取得し、いまは夫婦で会を開催しているとのことだった。

「アルコールに依存してしまうのは、けっして、あなたの弱さゆえではありません」

これは、ホロシロフによる記事中の言だ。

「これまでも、たくさんの患者さんたちから話を聞いてきました。皆それぞれに、やむにやまれぬ事情を抱えています。アルコール依存は、誰にでも起こりうる。それを認めたところから、依存症の回復過程はスタートするのです」

——特定の宗教に限らず、誰でも参加できるとのことですが。

「無宗教者が多い印象です。神なき国で霊性を取り戻すのは難しいことですが、少しずつ皆で寄り添いながら、頑張っていければと……」

――なぜ、参加者を女性に限っているのでしょうか？

「わたしたちのグループでは、メンバーが匿名で参加し、かつて自分がどのような人間であったか――そして何が起き、いま現在どうであるかを語ります。この語りを通じて内観し、自らを客観視していくわけです。しかし、男性の前では語れないこともあるでしょう……」

写真も載っていた。

顔立ちは彫りが深く、銅色をした髪と髭《ひげ》を長く伸ばしている。眼光が鋭い。これは偏見かもしれないが、遅れてきたヒッピーのような、どことなく屈折した雰囲気を漂わせてもいた。

このときイェゴールが煙草を手に席を立ち、

「メール、送っておきました」

と、通りざまにわたしの肩を叩いてベランダへ出て行った。

見ると、プレゼンテーション形式のファイルが添付で送られてきていた。

最初のスライドは、ウェブの掲示板をキャプチャした画像だ。十年以上前のもので、投稿はすべてロシア語である。イェゴールによる日本語の説明が書き加えられていて、それによると、在日のロシア人が情報共有に使っていたサイトらしい。

二ページ目。

掲示板の投稿の一つが丸で囲まれ、イェゴールの手による抄訳があった。

「同姓同名の可能性もありますが、これを書いたのがアルセン・ホロシロフという人物で、前後の書きこみから、大学の講師と思われます。内容は〝日本の女子学生は簡単だ〟といったもの。自ら考案したという、催眠の手口を披露しています」

三ページ目は、ウェブアーカイブから拾ったらしい大学の告知だった。こちらは日本語だ。学生からのセクシャルハラスメントの訴えを受け、講師のアルセン・ホロシロフを解雇したとの旨であった。

だんだんと、暗鬱《あんうつ》な心持ちになってきた。

ため息とともに、わたしはファイルを閉じた。心証としては、かなり黒に近い。だが、別人という可能性もある。同一人物であったとしても、結局のところ、はっきりした事実関係はわからないままだ。

迷ったが、ファイルは千晴へ転送しておくことにした。

入れ違いだった。

携帯端末に、千晴からのメッセージが入っていた。昨日の件が気になるので、今晩、患者を装って匿名会に潜入してみる、という連絡だった。

咄嗟《とっさ》に、わたしは返信していた。

――念のため、近くまで行って車を停めておく。

4

ホロシロフの匿名会は週に一度、西台《にしだい》の住宅地の一戸建てで開催されていた。家の名義は妻のもので、個人経営の学習塾であったものを買い取り、自分たちの活動の拠点としたようだ。

遠くから家を見渡せる場所に車を停めた。

現在位置を知らせるため、カーナビゲーションに映っている画面を写真に撮り、千晴に送っておく。

問題の建物は木造の二階建てで、広さは二十坪余り。門の脇では、かつての学習塾の看板がそのまま色褪《いろあ》せていた。ナビゲーションの地図情報も、学習塾のままだ。

人通りは少なかった。

近くまで来たのは用心しすぎであったかと、面映《おもは》ゆいような気持ちになってきた。

やがて閉会となったようで、一人、二人と会の参加者たちが建物から出てきた。だいぶ遅れて、千晴も顔を出した。小走りにこちらの車の脇にまでやってくると、きつく口を結んだまま、手の甲で助手席のウインドウを叩いた。

青ざめていた。

助手席に乗りこんだ千晴は、ありがと、と硬い声でつぶやいた。わずかに、白檀《びゃくだん》の香が香った。友達はどうしたのかと訊ねると、千晴は無言で小さく首を振った。

「……車、出してくれる?」

頷いて、わたしはギアをローに入れる。

「お願い」と千晴が急かした。「早く――」

バックミラーのなか、団地群が遠ざかっていく。

ギアを握る手に、千晴が右手を重ねてきた。震えていた。

わたしは新河岸川《しんがし》を背に南下し、環状八号線に乗ることにした。次第に、千晴も落ち着いてきたようで、彼女が何を目撃したのかを語りはじめた。

会が催されたのは、地下室であったそうだ。

部屋には椅子が円形に二列に並べられ、隅に長机が重ねられていた。戸口の脇に、古いホワイトボードが一面。ボードの桟の部分に青いアクリル製の箱が置かれ、参加者たちが任意に五百円なり千円なりを入れていった。

地下室は通気と採光のための空堀《ドライエリア》に面しており、小さな常緑樹が一本だけ、案山子《かかし》のように闇に佇んでいた。ドライエリアにはもう一部屋が面していたが、カーテンに遮られ、内部の様子はわからなかった。

参加者は三十代から四十代の女性が目立つ。七時の開始時には十人余りで、最終的には二十人ほどが集まった。Mの姿もあったが、千晴の姿を見て一瞬驚いたような、どぎまぎしたような表情を浮かべると、パイプ椅子に脚を絡《から》ませたまま、それ以降は目を合わせて来なかった。

司会はホロシロフ夫妻によって進められた。

参加者たちはそれぞれの来歴を語るよう促されるのだが、別の誰かがコメントやアドバイスをすることは禁止で、言いっぱなし、聞きっぱなしの原則が守られる。語りたくなければパスも許されるとのことで、千晴はパスをして次の参加者へ回した。

「夫妻のうち、どちらに主導権があるように見えましたか？」

「ホロシロフのほうかな」千晴が上へ目を泳がせ、記憶を探った。「変な話なんだけど、奥さんのほうは、なんだか怯《おび》えているようにも見えた」

全員が話し終えたのが、九時前。

まもなく閉会となったが、五、六名、その場から動こうとしないことに千晴は気がついた。Mもそのうちの一人だった。帰らないのかと訊ねると、あとで、とMが遮るように短く答えた。

千晴は意を決し、帰るふりをして一階のキッチンに身を潜めた。

窓を開け、そこから地下のドライエリアに忍び降りる。

会合が催された最初の部屋は、すでに消灯されていた。かわりに、もう一つの部屋から話し声が漏れ聞こえた。そっと、カーテンの隙間から覗きこむ。

参加者たちの裸体をブラックライトが青白く照らしていた。

革のベッドや、手枷《てかせ》のぶら下がった聖アンデレ十字《セント・アンドリュー・クロス》が目に入った。鞭や開口具、そのほか見たこともない器具が壁に掛けられている。

黒い頭巾《ずきん》の男──おそらくはホロシロフが、オーディオのリモコンを操作した。暗い、スローテンポのダブ・ミュージックが鳴りはじめた。やがて裸体同士が絡み合い、ある者はゆっくりと、ある者は激しく、一つの生き物が呼吸するように上下し、それからホロシロフが低く何か言うのが聞こえた。

声がくぐもっている。聞き取ることができず、冷たいガラス戸に耳をつけた。

ホロシロフの妻が、部屋の中央に一本のロープを吊り下げた。ロープの先は、輪だ。釣り糸や絞首刑などに使う、あの結び目だった。これから何が起きるかがわかってしまい、上着の襟元を形が崩れるまで握り締めた。動悸を感じた。

ロープの下に、踏み台がわりの椅子が置かれた。

ホロシロフがおもむろに女の一人を指さした。

たちまち、女の周りを皆が取り囲んだ。アイマスクと口枷が嵌《は》められ、両手は腰のうしろで結束された。職場で虐《いじ》めに遭い、酒へ逃避するようになったと話した女性だった。女の足が震え出した。行け、とホロシロフが命じるのが聞こえた。

――おまえ自身の足で、意志で、その椅子へ登るんだ。

そろりと女が椅子に登る。

首に縄が掛けられた。

すぐさま、ホロシロフが椅子を蹴飛ばした。女が暴れ、両脚が松葉のようにぴんと伸びた。その身体《からだ》が、ゆっくりと回転をしはじめる。

それをよそに、ホロシロフが皆に向き直った。今度は聞き取ることができた。

――神なき国で、霊性を取り戻すにはどうしたらいいか。

頭巾の奥から、彼は皆に向けてそう問いかけたのだった。

――性《セックス》だ。どれだけ合理的で賢明な人間だろうと、性が絡めば狂う。だが、それのどこに問題がある？　不合理な本能に身を委ねろ。不合理な遺伝子を設計した不合理な霊性に、おまえの身を委ねるのだ……。

ホロシロフが壁の鞭を手に取り、空中で振った。

女の両脚が虚しく中空を掻く。鞭は女の脇腹に当たり、一本の筋を残した。

その音が、ようやく千晴を我に返らせた。ガラスを割ってでも皆を止めようとしたところで、ホロシロフが椅子を元の位置に戻し、両腕で女の体重を支えた。

──それでいい。自由とは病だ。自分で自分をコントロールしようと思うな……。

見ていられなかった。

千晴は気取られないようその場であとずさり、雨樋《あまどい》をよじ登って表へ逃げた。

それからわたしたちはたびたび顔を合わせ、今後取るべき動きを話し合った。

洗脳やマインドコントロールを解くことは難しいが、一般にこうしたケースでは、集団の影響下から引き離しさえすれば、やがて自浄効果から目を覚ますとされる。逆に、説得はむしろ反撥《はんぱつ》を生んでしまう。

一人暮らしのMを千晴のマンションに隔離するという案も出た。しかしMが応じないだろうことは予想されるし、家族ならまだしも、千晴はMの友人にすぎない。

そもそも、積極的にMに関わっていくことは正しいのか。引き離したところで、また酒に手を出すのではないか。酒とセックスカルトでは、どちらがましなのか。

本人が幸せなら──と、何度も口を衝いて出て、そのたびに千晴がそれは違うと正した。そう言う千晴も、行き詰まるごとに、本人が幸せならと無意識につぶやき、今度はわたしがそれを指摘する。まるで濡れた紙のように、この文句はわたしたちにまとわりついた。

千晴とわたしとの距離は縮まっていった。

そしてホロシロフの言う通り、確かに、性は人を甦《よみがえ》らせる。わたしの心を覆っていた粘液質の淀みのようなものは、千晴の存在によって、徐々に薄らいでいった。

こんなこともあった。

あるとき、例によって話が行き詰まって沈黙が降りたところで、わたしは無意識のうち、彼女の肩を抱き寄せようとした。

「そうだ」

ちょうどそのとき、閃いたように千晴が手を叩いた。

「最近、あたし、テレポーテーションができるようになったみたいで……」

わたしは手を引っこめた。

「テレポーテーション？」

「そうなの。どこかに行きたいと強く念じたら、気がつけば、普段着のままその場所に来てたりして……。まだ、自分でもよくわからないんだけど」

肝心のMについては、答えを出せないままだった。

つまるところ、ホロシロフが提示する価値観を上回る何かを、わたしたちは見出せずにいたのだった。かくいうわたし自身が、これでいいと心から思える生きかたをしていない。

肩で風を切って歩く春の日々は、とうに過ぎ去った。

皮肉にも、わたしたちはまさに神なき国で霊性を見失っていたのだった。

「なんで、そう難しく考えるのですか」

というのはイエゴールの談だ。

ホロシロフについての情報を提供してもらった行きがかり上、ときおり、わたしは彼に進展を報告していたのだ。

イエゴールの考えかたはあくまでシンプルで、無駄がなかった。

「あなたが、正しいと信じる通りにやればいいのですよ」

「それがですね。わたしがよかれと思ってしてきたことは、大抵、裏目に出まして」

「……わたしには、なんだか、あなたまで洗脳されはじめているように見えます」

これは思わぬ指摘であった。

言われてみれば、わたしも千晴も、無理にでもホロシロフを肯定的に捉えようとする節があるのだ。おそらくその背後には、自分たちの無力に耐えられないから、現状を受け入れようとする心の動きがある。確かに、これは人が洗脳されていくプロセスにも似ていた。

——人一人を助けるという行為は、理屈抜きに面白い。

かつての取材相手の言葉が、呪いのように耳許に甦りもした。

「何が正しいか見失うのは、疲れているときです」

イエゴールは椅子を軋《きし》ませ、大きく身体を反《そ》らせた。

「千晴ちゃんでしたっけ。会の参加者が彼女だったら、あなたは止めるでしょう？」

「止めます。でもそれは、善意とはもう少し違った本能のような……」

「だから、なんで難しく考えるのですか」

もう一度、イエゴールが呆れたように言った。

「まあ、なるようになります。大丈夫ですよ」

不思議と、イエゴールにそう言われると、大丈夫である気もする。そういえば、彼は口数が少ないわりに、クライアントを安心させるのが上手いのだ。

そういえば——。とイエゴールが話題を変えた。

「先日、国の甥っ子に勧められて日本の漫画を読んだのです」

彼が挙げたのは、世界中で知られている漫画の題だった。

「あれはいい。修業さえすれば、空でも飛べるような気になってきます」

「ええ」

「ですが、瞬間移動まで出てくるのはいただけない。なぜかと考えたのですが、人間には、物事をリアルだと感じられる閾値《しきいち》があると思うのです。これは、わたしたちが作る製品の仕様にも言えることなのですが……」

これには、わたしも苦笑とともに同意するしかなかった。

「わかります」

「瞬間移動は、確かに、ないような気がします」

自然と、千晴が思い出された。距離が縮まれば、昔のような不安定さを覗かせることも増えるのではないかと案じられた。ところが、それは杞憂《きゆう》だった。月日の篩《ふるい》は、とうに彼女に丸みを帯びさせていた。テレポーテーションはないとしてもだ。

結局、事態を動かしたのはわたしや千晴ではなくイェゴールだった。

彼は密かに匿名会の参加者と接触し、証言を集めると、匿名会を隠れ蓑《みの》にした不法な団体があるとして警察に訴えて出たのだ。

そしてそれが、最悪の結果をもたらした。

追い詰められたホロシロフが、会員たちとともに西台の地下室に籠もり、毒を回し飲んで集団自殺を図ったのだった。のちに日本のヘヴンズ・ゲートと呼ばれるようになるこの事件で、ホロシロフ夫妻を含む十人余りが他界し、生還した者も大小の後遺症を抱えた。

イェゴールは自責の念に潰されて身体を壊し、自殺未遂をし――吉祥寺に黄《ファン》が築いたささやかな小世界もまた、壊れた。

「会の別の参加者から誘われて、それで……」

Mの声は力ないものであったが、長く彼女を苛《さいな》んできた肩の荷が下りたためか、憑きものが落ちたさっぱりした印象もあった。

事件の日、Mが会に参加していなかったことは、わたしたちにとっては幸いであった。しかしホロシロフのカルトに加担した事実は徐々に彼女を蝕《むしば》み、やがてPTSDなどの症状が現れ、結局、彼女は高知《こうち》の実家へ帰ることになってしまった。

Mに話を聞くことはできないかとわたしは千晴に持ちかけたが、Mがまだ治療中であることや、わたしが男性であることから、かわりに彼女が話を聞く運びとなった。

会話はICレコーダに録音され、Mの許可のもと、わたしもそれを聞くことができた。話の途中、ときおりポメラニアンの疳高《かんだか》い吼《ほ》え声が割って入るので、場所は千晴の自室と思われる。

千晴が目撃した魔宴《サバト》のごとき会合は、単純に〝儀式〟と呼ばれていたそうだ。

新たな参加者はホロシロフ自身が勧誘することもあったし、彼の妻や、ほかの参加者の口を介して募られることもあった。最初は、刺激を求めた夫婦による遊びのようなものであった。それが集団心理によってエスカレートし、やがて、会合のたびに犠牲者を決めては吊すという慣習が生まれるに至った。

「わたしに相談をしたときは、もう参加したあとだったの？」

答えはない。

「〝儀式〟を止めようと思ったことは？」

酷な質問であるが、これはわたしが訊くようにと頼んだものだ。

「……おかしいとは思った」

間を置いて、洟《はな》を啜《すす》る音が響いた。

「部屋で目を覚ますたびに、我に返った。そうすると、今度は現実に押し潰されそうになる。会合に出れば、いっときでも疑念を忘れることができる」

だから——とMはつづける。

「おかしいと思うほどに、このままでは駄目だと思うほどに、わたしはあの儀式に惹《ひ》かれていった。いつしか、それなしには生きていられないと思うまでに……」

「だけど、あなたはわたしに助けを求めた」

「気がついたら引き返せなくなってた。皆が皆、そうだった。もしかしたら、ホロシロフ本人にとってさえも……」

Mの証言は、その後に明らかにされた事実関係と大枠で一致する。

匿名の集いであり、かつ関係者の多くが他界してしまったため、事件の捜査は困難を極めた。全容の解明に至ったのは、Mや他の生存者たちが協力したからである。

イエゴールが集めた情報も、彼にとっては慰《なぐさ》めにもならぬだろうが、追跡調査の役に立ったと聞く。

「ホロシロフは、普段、あなたたちにどんな話を？」

「一つ、よく憶えている話がある」――また涙が啜られた。「〝少数者が変わるだけで、世界は変わりうるのだ〟と」

「え？」

「たとえばね、こんな話を聞かされた。……あるアメリカの街で、黒人が一定の数に達したときに、残りの白人がいっせいに町を出て行ったんだって」

これは、社会学などで転換点《ティッピング・ポイント》と呼ばれる現象のことだ。

最初にこの用語を用いたのは、シカゴ大学の教授であったモートン・グロッジンス。商品のヒットなどを説明する概念として、ビジネスシーンなどで持ち出されることも多い。

グロッジンスは白人の人口統計の分析を通じて、都市の黒人が一定数に達したときに、白人たちが他の地区へ移住していく現象があることを指摘した。

では、それが意味するところは何か。

我々の社会には、集団の性質がいっせいに塗り変わる、沸点のようなものがある。そしてそれをもたらすのは、社会の少数者にほかならないというのだ。

「だから——人類が霊性を取り戻すためには、自分たちが変わればいい。同じように考える者が一定の数に達しさえすれば、その瞬間から、世界は塗り変わりはじめるんだって……」

Mはそこまで話すと口をつぐんだ。

椅子が軋む音とともに、ざざ、と録音にノイズが入った。犬が吼えた。

「もし——」

千晴が質問を重ねた。

「ホロシロフが生きていて、また会合が開かれたとすれば、あなたはどうする？」

「わからない。いまはまだ、悪い夢を見ていたような……」

Mは逡巡し、何かを言いかけては止めた。

「あるいは」と、改めて口が開かれる。「また、参加してしまうのかもしれない」

「どうして？」

「自分たちだけが、世界の本質を知ったような気がした。まるで、自分たちが変わることで、人類の精神がもっと高みへ到達できるような……。わたしたちは世界に関わり、世界に参加しているのだと、確かにそう思える感触があった」

徐々に、Mの口調が力を帯びてきた。

「そして——そんな気にさせてくれたのは、あとにも先にも、アルセン・ホロシロフただ一人だった」


アルコール依存症は、知力や意志の力に関わりなく、誰にでも起こりうる。

逆に言えば、自力での克服を諦め、他者に委ねなければならない瞬間も、誰にでも訪れうる。しかしその瞬間こそを、ホロシロフは自らの欲望のために簒奪《さんだつ》した。そうだからこそ、わたしは彼のことを忌《い》まわしく感じ、捨て置くことができなかった。それは、いずれ本当に必要となる場面で、信仰を機能させなくすると思えたからだ。

ただ、これについて、千晴はもう少しドライな態度を示した。

「自分で自分の舵《かじ》を取れない人は、いつだって、何度だって舵から手を離すよ。そして、どんなことにも手を染めようとする。少なくとも、わたしはそう思うな」

その通りかもしれなかった。

ちょうどそのころ、イエゴールが出社できなくなったことで会社は忙しくなり、しばらく、ほとんど家にも帰れない状態がつづいていた。連鎖的に京も倒れ、わたし自身も酒量が増え、とても自らの舵を握っているとは言えない状況にあった。

「でも、逆に言えば——」

千晴は静かにつづけた。

「何度だって治療はやり直せる。つまりは、こういうこと。わたしたちは生まれついて、自分以外の何者かに自らを委ねる能力を持っているってこと」

職場がようやく落ち着いてきたのは、それから一年近くが過ぎてからだった。

社長の黄《ファン》は倒れた京やイエゴールのもとへ通いつづけ——その後、復帰した京の話によると、彼は親身に相談に乗り、復帰できない場合は次の就職先を探すとまで口にしたそうだ。

黄の対応は、わたしたちにとって思わぬものであった。

しかし、黄にも彼なりの事情があった。これもまた京の情報だが、黄は前妻が自殺しており、彼としては、同じことを繰り返したくなかったそうなのだ。

イエゴールの後任探しは難航した。

そういえば、ソフトウェアにも少数者の法則とも言うべきものがある。全体のうち二割の人間が、成果の大部分を挙げるというのだ。イエゴールは、まさにその二割のエンジニアだった。そして、わたしたちのような零細では、優秀な技術者を見つけにくい実情がある。

しかし、どのような不具合《バグ》であっても、納品間近の土壇場においては不思議と原因が判明するように、やがてイェゴールの仕事を引き継げる新人が入社した。

ようやく一息ついたわたしたちは、ヒマの店で食材を調達し、忘年会を兼ねたカレーパーティを開催することにした。

黄のデスクが即席のバーカウンターとなった。

見れば、酒瓶とともにガスバーナーや丸底フラスコが設置されており、何かと訊ねると、さも当然のように、ビールを蒸留してウイスキーにするのだと黄が答えた。

できあがった蒸留酒は、学生時代に飲まされた罰ゲームの酒のような味であったが、なんにでも適材適所はあるようで、アルバイトから社員となった川崎は美味いと喜んだ。やがてヒマの店の閉店時刻が訪れ、いつの間にか大きくなった子供をつれた彼女が加わった。

ヒマはオフィスの惨状に一瞬眉をひそめたのち、持参した手製のチャパティを皆に振る舞った。黄はと言えば、バーカウンターの奥で唇を尖らせてメールか何かを打っている。

酔いが回った。

喫煙所がわりのベランダに出た。イェゴールが退社して以来、誰も使わなくなった場所だ。眼下の街に目を向ける。街はクリスマスの装飾から松飾りに塗り変わりつつあった。暴力団が経営しているという噂の居酒屋の店員が、寒そうな浴衣姿でチラシを配っている。電車が通った。

そのうちに黄もベランダに顔を出した。

黄は空の灰皿に目を落としてから、無言でわたしの隣に立ち、フェンスに寄りかかった。振り向くと、サッシの向こう側で京がヒマの子供を抱き上げていた。

「皆、楽しそうですよ」

わたしがそう言うと、黄は瞬きを一つしてから、

「それはよかった」

と少しだけ口角を持ち上げた。

「世界は楽しいと訴えつづけるのが、うちの経営理念でね」

それから黄は突然に改まった口調になり、ここ一年間のことを労《ねぎら》うと、躊躇《ためら》いがちに、あなたが望むならもう辞めても大丈夫ですよと言った。

6

バスを降りると、灰色の歩道を氷雨《ひさめ》が打ちつけていた。

雨に濡れて輝く路面を、男が一人、傘もささずに走り抜けていった。バス停の傍《かたわ》らには金網に囲われた空き地があり、家庭ごみが集められた緑色のコンテナが並ぶ。

聖《サンクト》ペテルブルクの郊外である。

まもなく、イエゴールが新たに借りたというアパートが見つかった。それはコンクリートにタイル張りをした九階建てであったが、タイルの多くは剝がれ、また建物のユニットがうまく接合せず、階と階の隙間が不恰好にセメントで埋められていた。

一階にプレッツェル店が入り、そのウインドウの周囲を、青やオレンジの雑なグラフィティが彩っている。キリル文字だけでなく、アルファベットのものもあった。

背後を車が通り抜け、水が撥《は》ねた。

重なるように、遠くで犬が吼えた。

入口はオートロックのようなのだが、インターホンはなく、鉄扉の脇に部屋番号の書かれた押しボタンが並んでいた。言われた通りに、イエゴールの部屋の番号を短く四回押した。

遅れて、鍵が開く音がした。

やたらと急なコンクリートの階段を五階まで登っていくと、イエゴールが部屋のドアを開けて待っていた。懐かしい匂いがした。部屋から漂う、彼の煙草の匂いだ。

「迷わずに来られましたか」

イエゴールが日本語で訊ねた。

足下は靴下穿《ば》きで、土間にあたる場所に靴が脱がれている。

「日本での暮らしに慣れたら、どうも靴を脱がないと帰ってきた気がしなくて……」

そう言って、彼は軽く頭を掻く。

わたしは黄から預かった鎌倉《かまくら》せんべいを差し出して、

「誰も怒っていませんでしたよ」

なるべく軽い口調で、そう言い添えた。

少なくとも、社内においてはそうだった。だから、わたしは〈アレカ・コーポレーション〉が好きだったのだ。

イェゴールはわずかに両眼を細めたのみで、何も応えなかった。

部屋は広いものではなかった。

入ってすぐにリビングがあり、奥には洗い物だらけのカウンターキッチンがある。日本に当てはめるなら、1LDKにあたる間取りだ。薄緑色のテーブルクロスを掛けられたテーブルに、蠟燭《ろうそく》とウォッカの瓶が置かれているのが見えた。

「セントラル・ヒーティングなのですが、ちっとも暖かくなくて……」

それから、彼が作ったという手料理が振る舞われた。それは曾祖母から教わったというコーカサス料理で、肉や温野菜の葉包み《トルマ》、水餃子、羊のスープなどであった。

アパートには一人暮らしで、いまは街の中心近く、海軍区《アドミラルチエイスキー》の企業で開発の仕事に就いているとのことだ。開発はもう嫌ではないのですかと訊ねると、それ以外の職には就けませんと答えが返った。

「日本はいまでも好きです――」

彼が電子レンジのスープを見ながら言った。

「だからこそ、ホロシロフのことも、同胞として許せなかったのですが……」

それだけ言って、黙りこんでしまう。

電灯が瞬いた。

わたしは彼のために何か言いたかったが、気の利いた文句は出てこなかった。当人の自責の念ばかりは、どうにもならない。迷ったが、Mの話をすることにした。郷里に帰った彼女は、いまのところは酒を止めているらしい。

イエゴールは目を逸らしたが、思うところはある様子だった。小さく頷いてから、

「そういえば、ガールフレンドは元気ですか」

と、食器を手に戻ってくる。

「千晴ちゃんでしたっけ。あの、ちょっと不思議だっていう……」

「別に、交際をしているわけでは――」

急に居心地が悪くなり、わたしはグラスの汚れを拭った。

「わたしも会社を辞めてしまいましたし……。まあ、自分のことで手一杯です」

「よくわかります」

イェゴールは微笑むと、卓上の蠟燭を手に取った。

「どれ、相性を占ってあげますよ。これも、曾祖母から教わった占いでしてね――」

そう言って、イェゴールはグラスの水に蠟を垂らした。

滴《したた》った蠟は水中で解《ほど》け、たちまち花となって冷え固まる。イェゴールは蠟を掬《すく》い上げ、ナプキンの上に置いた。固まった蠟は、人参の飾り切りのような形をしていた。

「桜ですかね」彼が真面目な顔をして言った。「大丈夫、吉兆ですよ」

不思議と、イェゴールにそう言われると、大丈夫である気がしてくる。なぜだか笑ってしまった。どうしたことか、笑いはなかなか止まらなかった。涙が出た。

冷めないうちにと、スープを口へ運んだ。温かい。羊肉の甘さが、柔らかく口のなかに広がった。

「こちらには、しばらく滞在するのですか？」

「明後日、モスクワに発ちます。……ホロシロフの生家が見つかりましたので」

ホロシロフの名が出たところで、見たくないものを見るように、イェゴールが目をすがめた。

「この街なのですが――」

しばしの黙考ののち、その口が開かれる。

「古くには、バルト海から黒海への交易ルートの始点でした。同時に、十八世紀にピヨートル大帝が築いた人工都市でもあった。モスクワのような母なる大地のイメージとはまた異なるものです」

それで――。と彼は淡々とつづけた。

「ロシア革命においては、レーニン主義者《ボリシェヴィキ》による革命の中心地でもあった。名をレニングラードと変え、第二次大戦では九百日にわたる包囲を受けました。戦後はソビエトの第二の都市として繁栄し――」

そしてソ連の崩壊後、ふたたび聖《サンクト》ペテルブルクと呼ばれるようになる。

「いわば、その都度、人間たちの都合に応じて塗り替えられてきた街です。……ホロシロフは、社会を塗り替えるような沸点を目指したと言います。ですが、無理に沸点をもたらす必要はない。どのみち、人の社会はドラスティックに塗り変わっていく」

そこまで話してから、イエゴールは首のあたりを撫でた。

「望もうと望むまいと、幾度でも沸点は訪れる。それがわたしの至った結論でした」

そうだとも違うとも言えず、わたしは曖昧に頷いた。一つ言えるのは、イエゴールの見解は、やはりシンプルで無駄がないということだ。

ふと、額に入れられた写真が目に留まった。

写真は複数並んでおり、イエゴールと思《おぼ》しき子供が写っているものもある。一番古い写真は色褪せ、時とともに薄らぎつつあった。軍服を着た初老の男性が、女性と並んで写る写真だ。二人の様子から、夫婦であることが窺える。

「あれが、例の曾御祖母《ひいおばあ》さんですか？」

「ええ。曾祖父が、ボリシェヴィキの赤軍闘士だったようで……」

優しそうな妻に対し、時代のせいだろうか、夫は険のある目つきをしている。

「ほどなくして、スターリンの粛清《しゅくせい》で流刑されたそうですが」

何も言えなかった。

なぜだろうか、歴史はいつでも暮らしの向こうへ追いやられ、いまにも忘れ去られそうなのに、それでいて気まぐれな鎚《つち》のように、突如、頭上に振り下ろされる。

「そういえば――」と、イエゴールが食事の手を止めた。「子供のころ、こんな話を聞いたことがあります。革命後、新たに生まれた政権は、各地の呪い師《シャーマン》を弾圧したそうなのです」

階級対立の解消や、唯物論を旗印とした革命である。それまで地域の有力者であったシャーマンが弾圧されるのは、自然と言えば自然な成り行きであった。

「……曾祖父は、ヘリコプターにシベリアのシャーマンを乗せて、一人ひとり、突き落としたそうなのです。〝おまえらは空を飛べると言ってるそうだな、だったら飛んで逃げてみろ〟と……。共産主義と唯物論――曾祖父は、それを正しいことだと信じていた。その先に、新しい人類の姿があると考えていたのです。しかし、そうやって作られた世界には――」

イエゴールは窓の外を見た。雨は雪に変わりつつあった。

彼が静かにつづけた。

「――何もなかった」


帰り道、わたしは呪いにでもかけられたようにイエゴールの言を反芻しつづけた。科学や唯物論がサディズムと結託したとき、確かに、その先には何もないように思える。サディズムと結託した信仰の先に、何も展望が見出せないように。かくいうわたし自身、汚点だらけの自分の経歴をなかったことにしたいと願っている。

だが、そんなちっぽけなものすら、なかったことにはできない。

まして、いまある人や社会をなかったことにする権利など、誰にあるのだろう？

そのときだ。わたしの懐で、携帯端末が着信音を鳴らした。悴《かじか》みはじめた手で取り出すと、千晴からであった。迷ったのち、四コール目で通話に応じた。

「いまどこ？」いつもの気さくな声が、回線越しに聞こえてくる。

「どこって……」

なぜか一瞬迷いを感じ、周囲を見渡してみた。

「聖《サンクト》ペテルブルクですが」

「へ？」

「聖ペテルブルク。ロシア西部の街で、バルト海に面しています。旧名は……」

「ううん……」

唸り声が聞こえた。

「ちょっと待って、テレポートできるかな」

その直後だった。

目の前に、携帯端末を耳に当てた千晴が立っていた。そういえば、ここまで行き交う人々のことは目に留めていなかった。どのみちイェゴールのほかに知人もいない街であるし、そうでなく東京であっても似たようなものだ。しかし、なんとなく突然目の前に出現したようにも見える。

「来ちゃった」

千晴が悪戯《いたずら》っぽい笑みを浮かべた。

わたしは傘を差し出し、念のため訊ねてみた。

「どうやってここまで？」

「そりゃ、京成《けいせい》線の成田《なりた》空港行きから、国際線のモスクワ経由で」

「……とりあえず、どこかでお茶でも飲みませんか」

「賛成！」

考えるのをやめ、わたしは空いた手で千晴の手を取った。

振り向いて、イェゴールの部屋を探してみる。千晴にわたしの居場所を教えた者がいるとすれば、彼以外には考えられない。だが、ソビエト時代の規格化された集合住宅に紛れ、それがどこであったかも、もうわからなくなってしまっていた。まるで、彼自身の言葉の通りに。

雪は止む気配を見せなかった。

けれどもしおまへがほんたうに勉強して実験でちゃんとほんたうの考とうその考とを分けてしまへばその実験の方法さへきまればもう信仰も化学と同じやうになる。

——『銀河鉄道の夜』宮沢賢治《みやざわけんじ》（第三次稿より、第四次稿にて削除）

主要参考文献

・百匹目の火神

『ゾロアスター教』青木健、講談社（2008）／『サル学の現在』立花隆、平凡社（1991）／『サルのことば——比較行動学からみた言語の進化』小田亮、京都大学学術出版会（1999）／『ニホンザルの生態』河合雅雄、河出書房新社（1981）／『暴力はどこからきたか——人間性の起源を探る』山極寿一、ＮＨＫブックス（2007）／『野生鳥獣被害防止マニュアル——イノシシ、シカ、サル、カラス（捕獲編）—』農林水産省生産局（2009）／「槍ヶ岳の25年」泉山茂之、野生動物保護管理事務所（http://www.wmo.co.jp）

・彼女がエスパーだったころ

『ベンディング・マインズ ベンディング・メタル 第1巻』ガイ・バブリ、スクリプト・マヌーヴァ（2008）／『大魔術の歴史』高木重朗、講談社（1988）／『職業欄はエスパー』森達也、角川書店（2002）

・ムイシュキンの脳髄

『精神を切る手術——脳に分け入る科学の歴史』橳島次郎、岩波書店（2012）／『ロボトミスト——3400回ロボトミー手術を行った医師の栄光と失墜』ジャック・エル＝ハイ著、岩坂彰訳、ランダムハウス講談社（2009）／『心は実験できるか——20世紀心理学実験物語』ローレン・スレイター著、岩坂彰訳、紀伊國屋書店（2005）／『脳の情報を読み解く――BMIが開く未来』川人光男、朝日新聞出版（2010）／『脳神経外科の最新医療』菊池晴彦監修、先端医療技術研究所（2004）／『平気で暴力をふるう脳』デブラ・ニーホフ著、吉田利子訳、草思社（2003）

・水神計画

『カオスの自然学――水・大気・音・生命・言語から』テオドール・シュベンク著、赤井敏夫訳、工作舎（2005）／『水は語る――魂をうつしだす結晶の真実』江本勝、講談社（2003）／『水の鳥』山田玲司、小学館（2007）／「福島第一原子力発電所の取材案内について」（http://www.tepco.co.jp/news/2013/1227870_5311.html）東京電力株式会社（2013）

・薄ければ薄いほど

『ホスピス・コンセプト――終末期における緩和ケアへの手引き』シャーリー・アン・スミス著、高橋美賀子監修、エルゼビア・ジャパン（2006）／『終末期医療と生命倫理』飯田亘之、甲斐克則編、太陽出版（2008）／『仏教看護論』藤腹明子、三輪書店（2007）／「データで見る日本の緩和ケアの現状」（『ホスピス緩和ケア白書２０１３』所収）宮下光令、今井涼生、渡邊奏子、日本ホスピス・緩和ケア研究振興財団（2013）／「アイルランドのホスピス―デイホスピスに焦点を当てて―」（『聖徳大学生涯学習研究所紀要』第９号所収）宮坂いち子、聖徳大学生涯学習研究所（2011）／『東京のドヤ街・山谷でホスピス始めました。』

――「きぼうのいえ」の無謀な試み』山本雅基、実業之日本社（2006）／『ワットさんのＡＬＳ物語――ＡＬＳ（筋萎縮性側索硬化症）の夫と歩んだ２２００日』ワット隆子、ヴィゴラス・メド（2014）／「当院の緩和ケアチーム活動の1例」（『近畿大学臨床心理センター紀要』第2巻所収）、高橋絵里子、近畿大学（2009）／「緩和ケア病棟における自殺」（http://square.umin.ac.jp/jct_jmpe/abstract/03sekimoto.html）関本雅子（1998）／「硫化水素事案に対する消防活動」（http://www.city.kobe.lg.jp/safety/plan/kyougi2002/houkoku.pdf）神戸市消防局（2009）／HOSPICE ORGANIZATION REACTS TO FEN LAWYER SLANDER(http://www.firstthings.com/blogs/firstthoughts/2009/03/hospice-organization-reacts-to-fen-lawyer-slander), Wesley J. Smith（2009）／『代替医療のトリック』サイモン・シン、エツァート・エルンスト共著、青木薫訳、新潮社（2010）

・佛点

『ティッピング・ポイント――いかにして「小さな変化」が「大きな変化」を生み出すか』マルコム・グラッドウェル著、高橋啓訳、飛鳥新社（2000）／Metropolitan Segregation(http://www.scientificamerican.com/article/50-years-ago-in-scientific-american-white-flight-1/), Morton Grodzins, Scientific American（1957）

文庫版あとがき

もうだいぶ昔、とある女友達の家に行ったときのことだ。その家の叔母が肩か腰かの不調を訴え、友人はというと、うしろから手をかざし、いわゆる「気」を送ることで症状を緩和させようとした。場にはもう一人、友人の母親がいた。表情は複雑で、こうしたケアを信じていないだろうことが察せられた。かくいうぼくも、信じることはできなかった。けれど、二人ともが黙って見守った。

いざこういう場面になれば、おそらく大勢が黙るのではないかと思う。それは、空気を読んだ結果の行動にすぎないかもしれない。けれど、この「黙る」という行為にぼくは何かしらの精神を感じる。

かくして、ダイニングの一角で友人が手をかざす、静かな時間と空間ができあがった。とはいえ、せいぜい一分か二分だろうか。手が下ろされ、何事もなかったかのように世間話に戻った。

誤解を怖れずにいってしまうなら、あの瞬間、あの空間には、人類にとって必要な何かがあったように感じる。少なくとも、簡単に第三者が立ち入り、踏みにじってはならない何物かが。

他方、ぼくたちは自らの身を守らなければならない。たとえば、効果の怪しい得体の知れない水から。あるいは、癌は放置しても治るといった数々の情報から。科学的な知見というやつが、一人ひとりに求められる。そうして、あの静かな空間は遠ざかっていく。

本書は連載時に「疑似科学シリーズ」と銘打《めいう》っていた。

個々の短編は、たとえばスプーン曲げといった、科学的とはいえない題材を主として扱っている。ただ、本書はそれがあるともないともいわず、あったとしてもなかったとしても読めるようにした。

暴くのは簡単だ。むしろそこには、なんらかの快楽さえ宿ることだろう。しかしこの快楽を、ぼくは排したかった。そうでなく、科学的な知見を大切にしながら、かつまた、あの静かな空間を引き戻すことはできないか。ついでに、スプーン曲げがあるともないとも定まらない世界でミステリを成立させることは可能か。こうした一連の実験を、SFとして仕立てあげることは可能か？

確か、そんなようなことを憑《つ》かれたように考えていた。

本書はぼくにとって五冊目の本を文庫化したものになる。

自分にとっては大切な作だ。いま、手に取ってくれている皆様にとっても、そうなってくれれば嬉しいと思う。

二〇一八年三月
宮内悠介

本書は二〇一六年四月、小社より単行本として刊行されたものです。

|著者|宮内悠介　1979年東京都生まれ。'92年までニューヨークに在住、早稲田大学第一文学部卒。在学中はワセダミステリクラブに所属。2010年「盤上の夜」が第1回創元SF短編賞の選考委員特別賞（山田正紀賞）を受賞。'12年単行本デビュー作『盤上の夜』（東京創元社）は第147回直木賞候補となり、第33回日本SF大賞を受賞する。'13年第6回（池田晶子記念）わたくし、つまりNobody賞、'14年『ヨハネスブルグの天使たち』（早川書房）で第34回日本SF大賞特別賞、'17年本書で第38回吉川英治文学新人賞、『カブールの園』（文藝春秋）で第30回三島由紀夫賞を受賞している。他著に『ディレイ・エフェクト』（文藝春秋）『超動く家にて』（東京創元社）がある。アンソロジー『宮辻薬東宮』（講談社）にも参加している。

彼女《かのじょ》がエスパーだったころ
宮内悠介《みやうちゆうすけ》

講談社文庫
定価はカバーに
表示してあります

2018年4月13日第1刷発行

発行者——渡瀬昌彦
発行所——株式会社　講談社
東京都文京区音羽2-12-21　〒112-8001
電話　出版　(03) 5395-3510
　　　販売　(03) 5395-5817
　　　業務　(03) 5395-3615
Printed in Japan

デザイン—菊地信義
本文データ制作—講談社デジタル製作
印刷———信毎書籍印刷株式会社
製本———株式会社国宝社

ISBN978-4-06-293894-5

講談社文庫刊行の辞

二十一世紀の到来を目睫に望みながら、われわれはいま、人類史上かつて例を見ない巨大な転換期をむかえようとしている。

世界も、日本も、激動の予兆に対する期待とおののきを内に蔵して、未知の時代に歩み入ろうとしている。このときにあたり、創業の人野間清治の「ナショナル・エデュケイター」への志を現代に甦らせようと意図して、われわれはここに古今の文芸作品はいうまでもなく、ひろく人文・社会・自然の諸科学から東西の名著を網羅する、新しい綜合文庫の発刊を決意した。

激動の転換期はまた断絶の時代である。われわれは戦後二十五年間の出版文化のありかたへの深い反省をこめて、この断絶の時代にあえて人間的な持続を求めようとする。いたずらに浮薄な商業主義のあだ花を追い求めることなく、長期にわたって良書に生命をあたえようとつとめるところにしか、今後の出版文化の真の繁栄はあり得ないと信じるからである。

同時にわれわれはこの綜合文庫の刊行を通じて、人文・社会・自然の諸科学が、結局人間の学にほかならないことを立証しようと願っている。かつて知識とは、「汝自身を知る」ことにつきていた。現代社会の瑣末な情報の氾濫のなかから、力強い知識の源泉を掘り起し、技術文明のただなかに、生きた人間の姿を復活させること。それこそわれわれの切なる希求である。

われわれは権威に盲従せず、俗流に媚びることなく、渾然一体となって日本の「草の根」をかたちづくる若く新しい世代の人々に、心をこめてこの新しい綜合文庫をおくり届けたい。それは知識の泉であるとともに感受性のふるさとであり、もっとも有機的に組織され、社会に開かれた万人のための大学をめざしている。大方の支援と協力を衷心より切望してやまない。

一九七一年七月

野間省一

講談社文庫　最新刊

講談社文芸文庫

柄谷行人
内省と遡行
〈外部〉へ出ることをめざし、内部に徹底することで内部の自壊を目論んだ哲学的批評「内省と遡行」と「言語・数・貨幣」。極限まで思考する凄味に満ちた名著。
978-4-06-290374-5
かB16

柳 宗悦
木喰上人
解説=岡本勝人　年譜=水尾比呂志、前田正明
かつてない表情をたたえる木喰仏に魅入られた著者の情熱によって、江戸後期の知られざる行者の驚くべき生涯が明らかに。民藝運動の礎となった記念碑的研究の書。
978-4-06-290373-8
やP1

群像編集部・編
群像短篇名作選 1970～1999
自我の揺らぎ、時空間の拡張、境界線の認識……。新しい人間像と社会の変容を描くべく、作家たちのさまざまな実験が展開する。昭和後期から平成にかけての十八篇。
978-4-06-290375-2
くK2

講談社文庫　目録

芥川龍之介　藪の中
有吉佐和子　新装版 和宮様御留
阿川弘之　春風落月
阿川弘之　亡き母や
阿刀田高　ナポレオン狂
阿刀田高　新装版 ブラック・ジョーク大全
阿刀田高　新装版 食べられた男
阿刀田高　新装版 妖しいクレヨン箱
阿刀田高　新装版 奇妙な昼さがり
阿刀田高編　ショートショートの花束1
阿刀田高編　ショートショートの花束2
阿刀田高編　ショートショートの花束3
阿刀田高編　ショートショートの花束4
阿刀田高編　ショートショートの花束5
阿刀田高編　ショートショートの花束6
阿刀田高編　ショートショートの花束7
阿刀田高編　ショートショートの花束8
阿刀田高編　ショートショートの花束9
安房直子　南の島の魔法の話

相沢忠洋　「岩宿」の発見〈幻の旧石器を求めて〉
安西篤子　花あざ伝奇
赤川次郎　真夜中のための組曲
赤川次郎　東西南北殺人事件
赤川次郎　起承転結殺人事件
赤川次郎　冠婚葬祭殺人事件
赤川次郎　人畜無害殺人事件
赤川次郎　純情可憐殺人事件
赤川次郎　結婚記念殺人事件
赤川次郎　豪華絢爛殺人事件
赤川次郎　妖怪変化殺人事件
赤川次郎　流行作家殺人事件
赤川次郎　ABCD殺人事件
赤川次郎　狂気乱舞殺人事件
赤川次郎　女優志願殺人事件
赤川次郎　輪廻転生殺人事件
赤川次郎　百鬼夜行殺人事件
赤川次郎　偶像崇拝殺人事件
赤川次郎　四字熟語殺人事件〈ベスト・セレクション〉

赤川次郎　三姉妹探偵団
赤川次郎　三姉妹探偵団2〈キャンパス篇〉
赤川次郎　三姉妹探偵団3〈珠美・初恋篇〉
赤川次郎　三姉妹探偵団4〈怪奇篇〉
赤川次郎　三姉妹探偵団5〈復讐篇〉
赤川次郎　三姉妹探偵団6〈危機一髪篇〉
赤川次郎　三姉妹探偵団7〈駈け落ち篇〉
赤川次郎　三姉妹探偵団8〈人質篇〉
赤川次郎　三姉妹探偵団9〈青ひげ篇〉
赤川次郎　三姉妹探偵団10〈父恋し篇〉
赤川次郎　死が小径をやってくる〈三姉妹探偵団11〉
赤川次郎　死神のお気に入り〈三姉妹探偵団12〉
赤川次郎　次女と野獣〈三姉妹探偵団13〉
赤川次郎　心地よい悪夢〈三姉妹探偵団14〉
赤川次郎　ふるえて眠れ、三姉妹〈三姉妹探偵団15〉
赤川次郎　三姉妹、呪いの道行〈三姉妹探偵団16〉
赤川次郎　三姉妹、初めてのおつかい〈三姉妹探偵団17〉
赤川次郎　恋の花咲く三姉妹〈三姉妹探偵団18〉

講談社文庫　目録

赤川次郎　月もおぼろに三姉妹〈三姉妹探偵団19〉
赤川次郎　三姉妹、ふしぎな旅日記〈三姉妹探偵団20〉
赤川次郎　三姉妹、清く貧しく美しく〈三姉妹探偵団21〉
赤川次郎　三姉妹と忘れじの面影〈三姉妹探偵団22〉
赤川次郎　三姉妹、舞踏会への招待〈三姉妹探偵団23〉
赤川次郎　三人姉妹殺人事件〈三姉妹探偵団24〉
赤川次郎　沈める鐘の殺人
赤川次郎　静かな町の夕暮に
赤川次郎　ぼくが恋した吸血鬼
赤川次郎　秘書室に空席なし
赤川次郎　我が愛しのファウスト
赤川次郎　手首の問題
赤川次郎　おやすみ、夢なき子
赤川次郎　二《デ》重《ュ》奏《オ》
赤川次郎　メリー・ウィドウ・ワルツ
赤川次郎ほか　二十四粒の宝石〈超短編小説傑作集〉
赤川次郎 横田順彌　二人だけの競奏曲
新井素子　グリーン・レクイエム
安土　敏　小説スーパーマーケット(上)(下)

安土　敏　償却済社員、頑張る
阿井景子　真田幸村の妻
浅野健一　新・犯罪報道の犯罪
安能　務 訳　封神演義 全三冊
安部譲二　絶滅危惧種の遺言
綾辻行人　緋色の囁き
綾辻行人　暗闇の囁き
綾辻行人　黄昏の囁き
綾辻行人　殺人方程式〈切断された死体の問題〉
綾辻行人　鳴風荘事件 殺人方程式II
綾辻行人　十角館の殺人〈新装改訂版〉
綾辻行人　水車館の殺人〈新装改訂版〉
綾辻行人　迷路館の殺人〈新装改訂版〉
綾辻行人　人形館の殺人〈新装改訂版〉
綾辻行人　時計館の殺人〈新装改訂版〉(上)(下)
綾辻行人　黒猫館の殺人〈新装改訂版〉
綾辻行人　暗黒館の殺人 全四冊
綾辻行人　びっくり館の殺人
綾辻行人　奇面館の殺人(上)(下)

綾辻行人　どんどん橋、落ちた〈新装改訂版〉
阿井渉介　荒《あら》南《は》風《え》
阿井渉介　うなぎ丸の航海
阿井渉介　生首岬の殺人〈警視庁捜査一課事件簿〉
阿井渉介 阿部牧郎他　薄灯かり〈官能時代小説アンソロジー〉
阿井文瓶　伏龍〈海底の少年特攻兵〉
我孫子武丸　0の殺人
我孫子武丸　人形はこたつで推理する
我孫子武丸　人形は遠足で推理する
我孫子武丸　人形はライブハウスで推理する
我孫子武丸　新装版 8の殺人
我孫子武丸　眠り姫とバンパイア
我孫子武丸　狼と兎のゲーム
我孫子武丸　新装版 殺戮にいたる病
有栖川有栖　ロシア紅茶の謎
有栖川有栖　スウェーデン館の謎
有栖川有栖　ブラジル蝶の謎
有栖川有栖　英国庭園の謎
有栖川有栖　ペルシャ猫の謎

有栖川有栖　幻想運河
有栖川有栖　幽霊刑事《デカ》
有栖川有栖　マレー鉄道の謎
有栖川有栖　スイス時計の謎
有栖川有栖　モロッコ水晶の謎
有栖川有栖　新装版 マジックミラー
有栖川有栖　新装版 46番目の密室
有栖川有栖　虹果て村の秘密
有栖川有栖　闇の喇叭《らっぱ》
有栖川有栖　真夜中の探偵
有栖川有栖　論理爆弾
有栖川有栖　名探偵傑作短篇集 火村英生篇
有栖川有栖 篠田真由美 二階堂黎人 法月綸太郎　「Y」の悲劇
有栖川有栖／恩田陸 加納朋子／貫井徳郎 法月綸太郎　「ABC」殺人事件
姉小路祐　刑《デ》事《カ》長《チョウ》
姉小路祐　刑事長《デカチョウ》四の告発
姉小路祐　署長刑事《デカ》〈大阪中央署人情捜査録〉
姉小路祐　署長刑事《デカ》 時効廃止
姉小路祐　署長刑事《デカ》 指名手配
姉小路祐　署長刑事《デカ》 徹底抗戦
姉小路祐　監察特任刑事《デカ》
姉小路祐　影のクロス〈監察特任刑事《デカ》〉
姉小路祐　緘殺《かんさつ》のファイル〈監察特任刑事《デカ》〉
秋元康　伝染歌
浅田次郎　日輪の遺産
浅田次郎　勇気凜凜ルリの色
浅田次郎　四十肩と恋愛
浅田次郎　地下鉄《メトロ》に乗って
浅田次郎　霞町物語
浅田次郎　勇気凜凜ルリの色 福音について
浅田次郎　勇気凜凜ルリの色 満天の星
浅田次郎　ひとは情熱がなければ生きていけない〈勇気凜凜ルリの色〉
浅田次郎　シェエラザード(上)(下)
浅田次郎　歩兵の本領
浅田次郎　蒼穹の昴 全四巻
浅田次郎　珍妃の井戸
浅田次郎　中原の虹 全四巻
浅田次郎　マンチュリアン・リポート
浅田次郎　天国までの百マイル
浅田次郎原作 ながやす巧漫画　鉄道員《ぽっぽや》／ラブ・レター
青木玉　小石川の家
青木玉　底のない袋
青木玉　記憶の中の幸田一族〈青木玉対談集〉
阿部和重　アメリカの夜
阿部和重　グランド・フィナーレ
阿部和重　A B C〈阿部和重初期作品集〉
阿部和重　ミステリアスセッティング
阿部和重　IP／NN 阿部和重傑作集
阿部和重　シンセミア(上)(下)
阿部和重　ピストルズ(上)(下)
阿部和重　クエーサーと13番目の柱
阿川佐和子　マチルデの肖像〈恋する音楽小説2〉
麻生幾　加筆完全版 宣戦布告(上)(下)
麻生幾　奪還
赤坂真理　ヴァイブレータ 新装版
安野モヨコ　美人画報
安野モヨコ　美人画報ハイパー

講談社文庫　目録

安野モヨコ　美人画報ワンダー
有吉玉青　恋するフェルメール〈37作品への旅〉
有吉玉青　風の牧場
有吉玉青　美しき一日《いちじつ》の終わり
甘糟りり子　産む、産まない、産めない
赤井三尋　翳《かげ》りゆく夏
赤井三尋　月と詐欺師(上)(下)
赤井三尋　面影はこの胸に
あさのあつこ　NO.6〔ナンバーシックス〕#1
あさのあつこ　NO.6〔ナンバーシックス〕#2
あさのあつこ　NO.6〔ナンバーシックス〕#3
あさのあつこ　NO.6〔ナンバーシックス〕#4
あさのあつこ　NO.6〔ナンバーシックス〕#5
あさのあつこ　NO.6〔ナンバーシックス〕#6
あさのあつこ　NO.6〔ナンバーシックス〕#7
あさのあつこ　NO.6〔ナンバーシックス〕#8
あさのあつこ　NO.6〔ナンバーシックス〕#9
あさのあつこ　NO.6beyond〔ナンバーシックス・ビヨンド〕
あさのあつこ　待ってる〈橘屋草子〉

あさのあつこ　さいとう市立さいとう高校野球部(上)(下)
赤城　毅　虹のつばさ
赤城　毅　麝香姫《じゃこうひめ》の恋文
赤城　毅　書物狩人《ル・シャスール》
赤城　毅　書物法廷《ル・トリビュナル》
阿部夏丸　泣けない魚たち
阿部夏丸　父のようにはなりたくない
青山　潤　アフリカにょろり旅
青山　潤　うなドン〈南の楽園にょろり旅〉
梓　河人　ぼくとアナン
朝倉かすみ　ともしびマーケット
朝倉かすみ　感応連鎖
朝比奈あすか　憂鬱なハスビーン
朝比奈あすか　あの子が欲しい
荒山　徹　柳生大戦争
荒山　徹　柳生大作戦(上)(下)
荒山　徹　友を選ばば柳生十兵衛
天野作市　気高き昼寝
天野作市　みんなの旅行

青柳碧人　浜村渚の計算ノート
青柳碧人　浜村渚の計算ノート　2さつめ〈ふしぎの国の期末テスト〉
青柳碧人　浜村渚の計算ノート　3さつめ〈水色コンパスと恋する幾何学〉
青柳碧人　浜村渚の計算ノート　3と1/2さつめ〈ふえるま島の最終定理〉
青柳碧人　浜村渚の計算ノート　4さつめ〈方程式は歌声に乗って〉
青柳碧人　浜村渚の計算ノート　5さつめ〈鳴くよウグイス、平面上〉
青柳碧人　浜村渚の計算ノート　6さつめ〈パピルスよ、永遠に〉
青柳碧人　浜村渚の計算ノート　7さつめ〈悪魔とポタージュスープ〉
青柳碧人　浜村渚の計算ノート　8さつめ〈虚数じかけの夏みかん〉
青柳碧人　双月高校、クイズ日和
青柳碧人　東京湾　海中《かいちゅう》高校
青柳碧人　希土類少女《レアアース・ガール》
朝井まかて　花《はな》競《くら》べ〈向嶋なずな屋繁盛記〉
朝井まかて　ちゃんちゃら
朝井まかて　すかたん
朝井まかて　ぬけまいる
朝井まかて　恋歌
朝井まかて　阿《お》蘭《らん》陀《だ》西《さい》鶴《かく》
朝井まかて　藪《やぶ》医《い》ふらここ堂

講談社文庫　目録

歩《あゆみ》　りえこ　ブラを捨て旅に出よう〈貧乏乙女の"世界一周"旅行記〉
アダム徳永　スローセックスのすすめ
安藤祐介　営業零《ぜろ》課《か》接待班
安藤祐介　被取締役《とりしまられやく》新入社員
安藤祐介　おい！山田〈大翔製菓広報宣伝部〉
安藤祐介　宝くじが当たったら
安藤祐介　一〇〇〇ヘクトパスカル
安藤祐介　テノヒラ幕府株式会社
青木　理　絞首刑
天祢《あまね》　涼　キョウカンカク　美しき夜に
天祢　涼　議員探偵・漆原翔太郎〈セシューズ・ハイ〉
天祢　涼　都知事探偵・漆原翔太郎〈セシューズ・ハイ〉
麻見和史　石の繭〈警視庁殺人分析班〉
麻見和史　蟻《あり》の階段〈警視庁殺人分析班〉
麻見和史　水晶の鼓動〈警視庁殺人分析班〉
麻見和史　虚空の糸〈警視庁殺人分析班〉
麻見和史　聖者の凶数〈警視庁殺人分析班〉
麻見和史　女神の骨格〈警視庁殺人分析班〉
麻見和史　蝶の力学〈警視庁殺人分析班〉

赤坂憲雄　岡本太郎という思想
有川　浩　三匹のおっさん
有川　浩　三匹のおっさん　ふたたび
有川　浩　ヒア・カムズ・ザ・サン
有川　浩　旅猫リポート
青山七恵　わたしの彼氏
青山七恵　快楽
荒崎一海　無流心月剣〈宗元寺隼人密命帖㈠〉
荒崎一海　幽霊の足〈宗元寺隼人密命帖㈡〉
荒崎一海　名花散る〈宗元寺隼人密命帖㈢〉
荒崎一海　江都落涙〈宗元寺隼人密命帖㈣〉
浅野里沙子　花篝《はなかがり》御探し物請負屋
朱野帰子《かえるこ》　駅物語
朱野帰子　超聴覚者 七川小春〈真実への潜入〉
東　浩紀　一般意志2・0〈ルソー、フロイト、グーグル〉
朝倉宏景　白球アフロ
朝倉宏景　野球部ひとり
朝倉宏景　つよく結べ、ポニーテール
安達瑶奈　落の花〈堕ちたエリート〉

朝井リョウ　スペードの3
足立　紳　弱虫日記
有沢ゆう希　ムサヲ　原作　恋と嘘〈映画ノベライズ〉
有沢ゆう希　末次由紀　原作　ちはやふる　上の句〈小説〉
有沢ゆう希　末次由紀　原作　ちはやふる　下の句〈小説〉
有沢ゆう希　末次由紀　原作　ちはやふる　結び〈小説〉
蒼井凜花　女唇《ルージュ》の伝言
五木寛之　ソフィアの秋
五木寛之　狼のブルース
五木寛之　海峡物語
五木寛之　風花のひと
五木寛之　鳥の歌(上)(下)
五木寛之　燃える秋
五木寛之　真夜中の望遠鏡〈流されゆく日々'78〉
五木寛之　ナホトカ青春航路〈流されゆく日々'79〉
五木寛之　旅の幻燈
五木寛之　他力
五木寛之　こころの天気図
五木寛之　新装版　恋歌

講談社文庫　目録

五木寛之　百寺巡礼　第一巻　奈良
五木寛之　百寺巡礼　第二巻　北陸
五木寛之　百寺巡礼　第三巻　京都Ⅰ
五木寛之　百寺巡礼　第四巻　滋賀・東海
五木寛之　百寺巡礼　第五巻　関東・信州
五木寛之　百寺巡礼　第六巻　関西
五木寛之　百寺巡礼　第七巻　東北
五木寛之　百寺巡礼　第八巻　山陰・山陽
五木寛之　百寺巡礼　第九巻　京都Ⅱ
五木寛之　百寺巡礼　第十巻　四国・九州
五木寛之　海外版　百寺巡礼　インド1
五木寛之　海外版　百寺巡礼　インド2
五木寛之　海外版　百寺巡礼　朝鮮半島
五木寛之　海外版　百寺巡礼　中国
五木寛之　海外版　百寺巡礼　ブータン
五木寛之　海外版　百寺巡礼　日本・アメリカ
五木寛之　青春の門　第七部　挑戦篇
五木寛之　青春の門　第八部　風雲篇
五木寛之　親鸞　青春篇　(上)(下)

五木寛之　親鸞　激動篇　(上)(下)
五木寛之　親鸞　完結篇　(上)(下)
井上ひさし　モッキンポット師の後始末
井上ひさし　ナイン
井上ひさし　四千万歩の男　全五冊
井上ひさし　四千万歩の男　忠敬の生き方
井上ひさし　ふふふ
井上ひさし　ふふふふ
井上ひさし　黄金《きん》の騎士団　(上)(下)
井上ひさし　一分ノ一　(上)(中)(下)
井上ひさし
司馬遼太郎　新装版　国家・宗教・日本人
池波正太郎　私の歳月
池波正太郎　よい匂いのする一夜
池波正太郎　梅安料理ごよみ
池波正太郎　新　私の歳月
池波正太郎　おおげさがきらい
池波正太郎　わたくしの旅
池波正太郎　わが家の夕めし
池波正太郎　新しいもの古いもの

池波正太郎　作家の四季
池波正太郎　新装版　緑のオリンピア
池波正太郎　新装版　殺しの四人〈仕掛人・藤枝梅安(一)〉
池波正太郎　新装版　梅安蟻地獄〈仕掛人・藤枝梅安(二)〉
池波正太郎　新装版　梅安最合傘〈仕掛人・藤枝梅安(三)〉
池波正太郎　新装版　梅安針供養〈仕掛人・藤枝梅安(四)〉
池波正太郎　新装版　梅安乱れ雲〈仕掛人・藤枝梅安(五)〉
池波正太郎　新装版　梅安影法師〈仕掛人・藤枝梅安(六)〉
池波正太郎　新装版　梅安冬時雨〈仕掛人・藤枝梅安(七)〉
池波正太郎　新装版　忍びの女　(上)(下)
池波正太郎　新装版　まぼろしの城
池波正太郎　新装版　殺しの掟
池波正太郎　新装版　抜討ち半九郎
池波正太郎　新装版　剣法一羽流
池波正太郎　新装版　若き獅子
池波正太郎　新装版　娼婦の眼
池波正太郎　近藤勇白書〈レジェンド歴史時代小説〉(上)(下)
井上　靖　楊貴妃伝
石牟礼道子　新装版　苦《く》海《がい》浄土《じょうど》〈わが水俣病〉

今西祐行　肥後の石工
いわさきちひろ　ちひろのことば
いわさきちひろ 松本　猛　いわさきちひろの絵と心
いわさきちひろ 絵本美術館編　ちひろ・子どもの情景〈文庫ギャラリー〉
いわさきちひろ 絵本美術館編　ちひろ・紫のメッセージ〈文庫ギャラリー〉
いわさきちひろ 絵本美術館編　ちひろの花ことば〈文庫ギャラリー〉
いわさきちひろ 絵本美術館編　ちひろのアンデルセン〈文庫ギャラリー〉
いわさきちひろ 絵本美術館編　ちひろ・平和への願い〈文庫ギャラリー〉
石野径一郎　新装版 ひめゆりの塔
今西錦司　生物の世界
井沢元彦　義経幻殺録
井沢元彦　光と影の武蔵〈切支丹秘録〉
井沢元彦　新装版 猿丸幻視行
一ノ瀬泰造　地雷を踏んだらサヨウナラ
泉　麻人　大東京23区散歩
伊井直行　ポケットの中のレワニワ
伊集院　静　乳房
伊集院　静　遠い昨日
伊集院　静　夢は枯野を〈競輪躁鬱旅行〉
伊集院　静　野球で学んだこと ヒデキ君に教わったこと
伊集院　静　峠の声
伊集院　静　白秋
伊集院　静　潮流
伊集院　静　機関車先生
伊集院　静　冬の蜻蛉《とんぼ》
伊集院　静　オルゴール
伊集院　静　昨日スケッチ
伊集院　静　アフリカの王(上)(下)〈『アフリカの絵本』改題〉
伊集院　静　あづま橋
伊集院　静　ぼくのボールが君に届けば
伊集院　静　駅までの道をおしえて
伊集院　静　受け月
伊集院　静　坂の上のμ〈野球小説アンソロジー〉
伊集院　静　ねむりねこ
伊集院　静　新装版 三年坂
伊集院　静　お父やんとオジさん(上)(下)
伊集院　静　ノボさん(上)(下)〈小説 正岡子規と夏目漱石〉
いとうせいこう　存在しない小説
井上夢人　おかしな二人〈岡嶋二人盛衰記〉
井上夢人　メドゥサ、鏡をごらん
井上夢人　ダレカガナカニイル…
井上夢人　プラスティック
井上夢人　オルファクトグラム(上)(下)
井上夢人　もつれっぱなし
井上夢人　あわせ鏡に飛び込んで
井上夢人　魔法使いの弟子たち(上)(下)
井上夢人　ラバー・ソウル
池宮彰一郎　高杉晋作(上)(下)〈レジェンド歴史時代小説〉
池井戸　潤　果つる底なき
池井戸　潤　架空通貨
池井戸　潤　銀行狐
池井戸　潤　仇敵
池井戸　潤　BT'63(上)(下)
池井戸　潤　空飛ぶタイヤ(上)(下)
池井戸　潤　鉄の骨
池井戸　潤　新装版 銀行総務特命
池井戸　潤　新装版 不祥事

池井戸 潤 ルーズヴェルト・ゲーム
岩瀬達哉 新聞が面白くない理由
岩瀬達哉 完全版 年金大崩壊
乾くるみ 匣《はこ》の中
乾くるみ 新装版 塔の断章
石月正広 糸のさだめ〈結わえ師・紋重郎始末記〉
糸井重里 ほぼ日刊イトイ新聞の本
岩井志麻子 私小説
乾 荘次郎 妻《め》敵《がたき》討《う》ち〈鴉《からす》道場日月抄〉
乾 荘次郎 夜襲〈鴉《からす》道場日月抄〉
乾 荘次郎 介錯〈鴉《からす》道場日月抄〉
石田衣良 LAST［ラスト］
石田衣良 東京DOLL
石田衣良 てのひらの迷路
石田衣良 40《フォーティ》 翼ふたたび
石田衣良 sex
石田衣良 逆《さか》島《しま》断《たつ》雄《お》〈進駐官養成高校の決闘編1〉
石田衣良 逆島断雄〈進駐官養成高校の決闘編2〉
井上荒野 ひどい感じ―父・井上光晴
井上荒野 不恰好な朝の馬
飯田譲治 梓河人 黒帯
稲葉 稔 隠密拝命〈八丁堀手控え帖〉
稲葉 稔 囮《おとり》同心〈八丁堀手控え帖〉
稲葉 稔 椋鳥の影〈八丁堀手控え帖〉
稲葉 稔 奉行の杞憂〈八丁堀手控え帖〉
池永 陽 緋色の空
池永 陽 風を断つ
池永 陽 炎《えん》を薙《な》ぐ
井川香四郎 冬の蝶〈梟与力吟味帳〉
井川香四郎 日照り草〈梟与力吟味帳〉
井川香四郎 忍《すい》冬《かずら》〈梟与力吟味帳〉
井川香四郎 花《はな》詞《ことば》〈梟与力吟味帳〉
井川香四郎 雪の花火〈梟与力吟味帳〉
井川香四郎 鬼《き》雨《う》〈梟与力吟味帳〉
井川香四郎 科《しな》戸《と》の風〈梟与力吟味帳〉
井川香四郎 紅《くれない》の露〈梟与力吟味帳〉
井川香四郎 惻《そく》隠《いん》の灯《ひ》〈梟与力吟味帳〉
井川香四郎 三人羽織〈梟与力吟味帳〉
井川香四郎 闇夜の梅〈梟与力吟味帳〉
井川香四郎 吹《すい》花《か》の風〈梟与力吟味帳〉
井川香四郎 ホトガラ彦馬〈写真探偵開化帳〉
井川香四郎 飯盛り侍
井川香四郎 飯盛り侍 鯛評定
井川香四郎 飯盛り侍 城攻め猪
井川香四郎 飯盛り侍 すっぽん天下
井川香四郎 御三家が斬る！
井川香四郎 御三家が斬る！〈殺しの鬼棲む妻籠宿〉
伊坂幸太郎 チルドレン
伊坂幸太郎 魔王
伊坂幸太郎 モダンタイムス(上)(下)
伊坂幸太郎 PK
岩井三四二 逆ろうて候
岩井三四二 戦国連歌師
岩井三四二 銀閣建立
岩井三四二 竹千代を盗め
岩井三四二 村を助《たす》くは誰《た》ぞ
岩井三四二 一所懸命